TANIS,
LES ANNÉES SECRÈTES

LANCEDRAGON
AU FLEUVE NOIR

La trilogie des Chroniques de Lancedragon
1. Dragons d'un crépuscule d'automne
2. Dragons d'une nuit d'hiver
3. Dragons d'une aube de printemps
par Margaret Weis et Tracy Hickman

La trilogie des Légendes de Lancedragon
1. Le temps des jumeaux
2. La guerre des jumeaux
3. L'épreuve des jumeaux
par Margaret Weis et Tracy Hickman

Les Préludes de Lancedragon
1. L'Ombre et la Lumière
par Paul B. Thompson
2. Kendermore
par Mary Kirchoff
3. Les frères Majere
par Kevin Stein
4. Rivebise, l'Homme des Plaines
par Paul B. Thompson et Tonya R. Carter
5. Sa Majesté Forgefeu
par Mary Kirchoff et Douglas Niles
6. Tanis, les années secrètes
par Barbara et Scott Siegel

EN SEPTEMBRE 1997 !
UN GRAND FORMAT À NE PAS MANQUER
La légende est toujours vivante :
Dragons d'une Flamme d'été
par Margaret Weis et Tracy Hickman

TANIS,
LES ANNÉES SECRÈTES

par
BARBARA SIEGEL
et
SCOTT SIEGEL

Couverture de
CLYDE CALDWELL

FLEUVE NOIR

Titre original :
Tanis, the Shadow Years

Traduit de l'américain
par Isabelle Troin-Joubaud

Collection dirigée par Patrice Duvic
et
Jacques Goimard

Lancedragon et le logo TSR sont des marques déposées par TSR, Inc.

TSR Stock N° 8333
ISBN : 2-265-06209-X
ISSN : 1272-2812

Le voyage de Tanis
Le bosquet où meurt Kishpa
La clairière où meurt Mertwig
Ankatavaka
Abanasinie
Montagnes du Mur Oriental
Solace
Bois Sombre
Que-shu
Haven
Qualinost
Qualinesti
Monts Kharolis
Pax Tharkas
Forêt de Wayreth
Les Tours des Sorciers
Skullcap (Zhaman)
Thord
Plaines

PREMIÈRE PARTIE

CHAPITRE PREMIER

TOUS DES JONGLEURS

— Une autre chope de bière pour mon ami, cria le nain.

Tika, la jeune serveuse, poussa un soupir. Il était tard, très tard, et elle mourait d'envie d'aller se coucher. Même Tanis, revenu à l'*Auberge du Dernier Refuge* après le départ de ses amis, paraissait épuisé. A l'exception du nain qui l'avait pris en amitié, il était seul dans la grande salle... Le feu s'était éteint dans la cheminée de pierre, et les braises rougeoyantes ne dispensaient plus qu'une maigre chaleur.

Songeur, le demi-elfe secoua la tête.

— Plus de bière pour moi, Tika. J'ai assez bu pour ce soir.

La serveuse se planta devant le nain, son chiffon à la main. Malgré la pénombre, on distinguait nettement les taches de rousseur qui constellaient son visage.

— Et vous, monsieur ? demanda-t-elle sur un ton de défi. En avez-vous assez ?

Le nain lui fit un clin d'œil.

— Pas si vous acceptez de prendre un verre avec moi.

— Pfft, lâcha Tika avec une moue dédaigneuse.

— Je suppose que ça veut dire non ?

— Pfft, répéta la jeune fille.

— Quel riche vocabulaire ! se moqua le nain. Moi, j'adore les mots. Je vais vous apprendre une phrase : « Je serai ravie d'accepter votre offre, Clotnik le séducteur ».

Tika ne put s'empêcher de sourire.

— Ha ha ! s'exclama Clotnik, triomphant.

— Pff, souffla la jeune fille en s'enfuyant vers la cuisine.

Les yeux de Tanis pétillèrent d'amusement. Tika était encore timide, mais elle deviendrait sans doute une jeune femme pleine d'allant. Le demi-elfe se souvenait de l'époque bénie de son adolescence, lorsqu'il était aussi innocent que Tika.

Laurana...

Oui, il avait senti le regard amoureux d'une jeune fille se poser sur lui ; s'il l'avait pu, il y aurait répondu de tout son cœur.

Plus récemment, il s'était pris de passion pour Kitiara, une guerrière au tempérament de feu... Mais quelques heures plus tôt, il avait mis un terme à leur liaison. Comme récompense de son honnêteté, il avait reçu une gifle retentissante... Maintenant, il se demandait s'il n'avait pas commis une erreur. De toute façon, il était trop tard pour y remédier. Kit était partie en compagnie de Sturm — Tanis ne la reverrait pas avant cinq ans, et ses autres compagnons non plus.

Cette idée pesait lourd sur son cœur.

Il serra les poings. Qu'ils soient vieux de quelques heures ou de quelques d'années, ses souvenirs ne lui apportaient que souffrance. Un voile passa devant ses yeux.

Clotnik éclata de rire en voyant Tika disparaître dans la cuisine ; son expression s'assombrit lorsque survint Otik, le propriétaire de l'auberge.

— Je ne sais pas comment vous avez réussi à engloutir toute cette bière, dit le gros homme d'un air respectueux en lui tendant l'addition. Vous devez sacrément bien gagner votre vie pour dépenser autant.

Clotnik s'agita sur son siège, mal à l'aise. Puis son visage s'éclaira.

— Les affaires ont marché du tonnerre ce soir, dit-il en tendant la main vers l'aubergiste. Vous avez dû ramasser une petite fortune. Alors, qu'est-ce que le prix de quelques bières ? Vous n'en avez pas besoin !

Otik jeta un regard las à Tanis, qui haussa les épaules.

— De l'argent, n'importe qui peut vous en donner, poursuivit le nain. En revanche, je suis le seul capable de vous faire une démonstration à vous couper le souffle... Et pour prix dc ce spectacle inoubliable... (il se pencha et saisit un gros sac de voyage sous la table) ... je ne vous demanderai aucun salaire, à part l'annulation de cette ardoise, plus deux chopes de bière supplémentaires. Disons trois : une pour Tanis, une pour moi, et une pour vous.

Incrédule, Otik dévisagea le nain. Qu'allait-il faire en premier ? Etrangler son « client » ou lui arracher la langue ? Il s'était décidé pour les deux à la fois quand Clotnik sortit de son sac cinq balles brillantes : une d'or, une d'argent, une de bronze, une de fer et la dernière de verre.

— Acceptez-vous que je jongle pour vous ? demanda-t-il à l'aubergiste.

Otik ne répondit pas, hypnotisé par les précieuses balles du nain.

— Je crois que vous avez capté son attention, intervint Tanis. La mienne aussi, d'ailleurs. Et je ne vous parle pas de celle de Tika...

Il fit un geste discret vers la porte de la cuisine. Dans l'entrebâillement, on devinait la silhouette menue de la jeune fille. Clotnik lui adressa un sourire rayonnant.

— Parfait. J'adore le public. En fait, je ne vis que pour ça.

Il commença à jongler. L'or, l'argent et le verre

scintillaient dans la lumière des bougies, offrant un contraste saisissant avec l'éclat mat du bronze et du fer.

— Nous sommes tous des jongleurs, dit Clotnik en rattrapant la balle de verre et en la faisant passer derrière son dos. Nous jonglons avec nos amis, que nous ne voyons qu'en alternance. Nous jonglons avec notre travail et nos loisirs, avec nos besoins et nos envies, avec nos amours et nos haines. Nous essayons d'envoyer en l'air le plus de balles possible, puis d'en saisir un maximum avant qu'elles ne retombent à nos pieds.

Les cinq balles décrivaient un cercle devant lui, leur course si rapide que l'œil avait peine à les distinguer.

— Prenons l'exemple de Tanis, poursuivit Clotnik sur un ton badin. Bien qu'il ne m'ait rien raconté d'important (après tout, nous venons juste de nous rencontrer), il m'a dit qu'il quitterait Solace demain à l'aube. Mais il n'est pas encore couché. Pourquoi ? Peut-être parce qu'il ne sait pas où il ira. Où sont ses amis ? Eparpillés aux quatre coins de Krynn pour les cinq prochaines années. Alors il lance une balle de solitude.

D'un mouvement habile, Clotnik isola la balle d'or avant de lui faire réintégrer le cercle.

— Tanis va voyager seul. Hop, une balle de danger… Les routes ne sont pas sûres par les temps qui courent. Ajoutons la balle qui ne le quitte jamais : celle de sa naissance, composée de ses deux moitiés, humaine et elfique.

Otik, qui essuyait ses mains sur son tablier, se figea en entendant cette remarque indélicate. Il jeta un coup d'œil à Tanis.

— Dis-moi, mon ami, avec quoi jongles-tu à part ces balles ? demanda le demi-elfe d'une voix neutre. Peut-être avec ton dernier souffle, lâché entre impertinence et franchise ?

Il porta la main à son épée. Comme la plupart des

créatures de sang elfique, il ne tuait pas sans nécessité. Mais le jeune nain avait mérité une leçon.

— Combien de fois tu as mal jugé ton public et posé la mauvaise question à la mauvaise personne ?

— Oh, souvent, concéda Clotnik, la lueur des bougies se reflétant dans ses yeux verts. On m'a beaucoup raccourci. A l'origine, j'étais plus grand.

— Et à part des bières gratuites, que cherches-tu ? demanda Tanis en plissant les yeux.

— Tu veux savoir ce que je cherche ?

— Il a une ouïe remarquable, tu ne trouves pas, Otik ?

L'aubergiste hocha la tête sans détacher son regard des balles. Clotnik en faisait tourner trois dans sa main droite, renvoyant les deux autres de la gauche.

— J'aimerais voyager avec toi, dit enfin le nain.

Tanis s'autorisa un bref éclat de rire.

— Alors que tu ne sais pas où je vais ?

— J'ai dit que *tu* ne savais pas où tu allais, corrigea Clotnik.

Il envoya les cinq balles dans son dos et leur fit décrire une large ellipse, dont le point le plus élevé frôlait le plafond de l'auberge.

— Félicitations ! Votre père doit être fier de vous ! applaudit Otik, émerveillé par la performance.

A ces mots, Clotnik sursauta. Il tenta de se reprendre — trop tard. Les balles de fer et de bronze tombèrent sur le sol, manquant de peu le pied de l'aubergiste. Le nain parvint à rattraper celles d'or et d'argent, puis il se précipita vers la dernière. Mais elle était hors de portée.

— Non ! s'exclama Clotnik, atterré.

D'un mouvement gracieux, Tanis se jeta à terre, les bras tendus en avant. La fragile sphère de verre atterrit en douceur dans sa main.

Derrière la porte de la cuisine, Tika applaudit. Otik haussa les sourcils, impressionné. Clotnik poussa un soupir de soulagement.

— Si elle se brisait, je ne pourrais pas la remplacer, expliqua-t-il en s'épongeant le front avec sa manche.

— Alors pourquoi prendre autant de risques ? demanda Tanis en examinant la balle à l'intérieur strié de bleu et de vert.

— Parce que le danger est excitant, répondit Clotnik en récupérant son bien et en le remettant dans son sac. Qui irait voir un homme combattre un hatori si celui-ci n'avait pas de dents ?

— Juste. Mais *pourquoi* le combattre, en premier lieu ? rétorqua Tanis.

— Ha ha ! s'esclaffa Clotnik. Je sens que je vais adorer ce voyage. Tu as l'esprit vif ; les réflexes aussi.

— Tu acceptes une invitation que je n'ai pas encore envoyée, fit remarquer le demi-elfe.

— Mais qui ne saurait tarder.

— Pourquoi ?

— Parce que, dit le nain en baissant la voix, je peux te conduire à un homme qui a connu ton père.

Tanis pâlit. Une main froide comme la mort lui étreignit le cœur. Il se laissa tomber sur une chaise en silence.

Son père…

Toute sa vie, il avait voulu connaître l'humain qui l'avait engendré. Il ne savait pas grand-chose de lui, sinon qu'au cours d'une guerre entre hommes et elfes, il avait violé et battu sa mère avant de la laisser pour morte. Qui pouvait être capable d'une telle abomination ? se demanda Tanis pour la millionième fois. Quel genre de sang coulait dans ses veines ?

Sa mère était morte quelques mois après sa naissance, le laissant à la garde de parents éloignés. Jamais Tanis ne s'était senti chez lui, ni parmi les elfes, ni parmi les humains. Aujourd'hui, âgé de quatre-vingt-dix-sept ans, il s'interrogeait encore sur la nature de son père.

Mais comment un jongleur nain pouvait-il connaître un humain mort des années auparavant ?

Satisfait par la réaction du demi-elfe, Clotnik se tourna vers Otik.

— Alors, aubergiste, ai-je payé mon addition ?

— Eh bien..., hésita le gros homme.

Il détestait faire cadeau de sa bière, mais le nain avait donné un spectacle exceptionnel.

— Je vois que nous sommes d'accord, déclara Clotnik. A présent, où sont les trois chopes de bière que vous me devez ?

*
* *

Perché au sommet d'une colline, Tanis jeta un dernier regard au village de Solace. L'aube illuminait les maisons nichées dans les branches des grands arbres. Refoulant ses souvenirs, le demi-elfe se détourna.

— Combien de temps avant de trouver l'homme dont tu m'as parlé ? demanda-t-il à Clotnik.

Le nain souffrait d'une sévère gueule de bois. Ses longues oreilles pendant piteusement de chaque côté de son crâne, il esquissa une grimace de douleur.

— Plusieurs jours, dit-il d'une voix pâteuse. Peut-être davantage. Tu devras être patient.

— Cet homme a-t-il personnellement connu mon père ?

— Il te racontera tout lui-même...

— Etaient-ils amis ?

Clotnik poussa un soupir et se prit la tête à deux mains.

— Tu verras bien, geignit-il. Pourquoi tant d'impatience ? Après avoir attendu quatre-vingt-dix-sept ans, tu n'es plus à une semaine près.

— Chaque jour compte, répliqua Tanis.

Comment son compagnon avait-il appris son âge ? Tanis ne l'avait pas révélé à plus de quatre ou cinq personnes. Les derniers doutes qu'il entretenait sur la véracité des dires du nain disparurent.

— J'ai quelque chose à faire après, ajouta-t-il, restant dans le vague.

— Je me demande quoi, lança le jongleur tandis qu'ils prenaient la direction de l'ouest.

Tanis ne répondit pas. La raison de sa séparation d'avec ses anciens compagnons n'avait rien de très noble. Il voulait se retrouver seul pour chercher quelque chose en qui croire, quelque chose dont il pourrait tirer fierté.

Il avait regardé ses amis croquer la vie à belles dents pendant qu'il hésitait. Tous s'étaient trouvé un but dans l'existence. Kit excellait dans les arts militaires. Raistlin était prêt à tout pour devenir un grand magicien. Caramon ne songeait qu'à une chose : protéger son jumeau. Sturm de Lumlane croyait en la Chevalerie, et sa foi lui donnait courage et dignité. Flint Forgefeu s'enorgueillissait de ses talents de forgeron. Quant à Tasslehoff Racle-Pieds... Eh bien... Tass était un kender ; ça ne comptait pas.

Tanis sombra dans un silence morose. Quelle était *son* ambition ? Rester assis soir après soir à l'*Auberge du Dernier Refuge*, à écouter ses amis raconter leurs exploits ?

Il avait bien une idée : un rêve qu'il caressait depuis longtemps, dont il n'avait jamais parlé à personne. Il craignait de perdre le respect de ses amis en cas d'échec. Mais Clotnik était un parfait étranger ; pourquoi ne pas lui raconter ?

— Je veux devenir sculpteur, lâcha-t-il.

— Vraiment ? Dans quel matériau ? Le bois, la pierre, l'argile ? demanda Clotnik, heureux de voir le demi-elfe d'humeur sociable.

— La pierre, je crois. J'entends faire des choses qui durent.

Le jongleur lui jeta un long regard et ne répondit pas.

CHAPITRE II

UN FEU DANS LA NUIT

— C'est frais et liquide, mais la comparaison avec la bière d'Otik s'arrête là, dit Clotnik en s'abreuvant à l'eau d'un petit lac, à la lisière de la forêt.

La nuit était presque tombée ; devant eux, les plaines verdoyantes disparaissaient peu à peu dans l'obscurité. Tanis plongea la tête dans l'eau, puis secoua sa chevelure comme un jeune chiot, faisant pleuvoir des gouttelettes autour de lui. Rafraîchi, il s'assit dos à un arbre et ferma les yeux.

Comme chaque soir depuis leur départ de Solace trois jours plus tôt, il essaya de se représenter son père. Allez savoir pourquoi, il s'imaginait un homme grand, aux épaules larges, aux yeux enfoncés dans leurs orbites, avec une fossette au menton et une bouche aux coins incurvés vers le bas.

Il aimait à croire que son père était beau, fort et intelligent. Mais tout ce qu'il savait, c'était qu'il avait abusé d'une femme sans défense…

Une odeur inquiétante attira son attention. Tanis rouvrit les yeux.

— Ça sent bizarre, déclara-t-il en fronçant le nez.

— C'est bon, c'est bon, je vais prendre un bain, grommela Clotnik.

Le demi-elfe eut un sourire sans joie et regarda autour de lui, les sens en alerte.

— De la fumée.

Il se leva et marcha jusqu'à la lisière de la forêt.

— Tu... tu es sûr ? balbutia Clotnik, peu rassuré. Tu as vu quelque chose ?

— Je ne suis certain de rien, répondit Tanis. Au nord, derrière les collines, le ciel me paraît plus clair. C'est difficile à dire dans la pénombre. Attendons que le soleil se couche.

Le nain tira nerveusement sur sa barbe brune.

— Tu ne penses quand même pas qu'il y a un incendie dans la forêt ?

— Pas dans la forêt. Le vent vient du nord, et il apporte une odeur de cendres.

Ils attendirent, surveillant l'horizon. Le soleil se coucha bientôt, et le paysage se drapa de ténèbres partout, sauf au nord. Dans cette direction, il devenait même plus lumineux de minute en minute. Les deux compagnons ne voyaient pas encore de flammes, mais si le vent continuait à souffler dans leur direction, l'incendie serait bientôt sur eux.

— Il faut partir ! lança Clotnik, paniqué.

Tanis secoua la tête.

— Impossible. Si c'est un feu de prairie, il ira plus vite que nous. Et puis, il fait peut-être des lieues de large… On ne pourra pas le contourner. La meilleure chose à faire est de rester ici, près du lac.

— Nous pourrions rebrousser chemin, protesta le nain. L'incendie se propagera plus lentement dans les bois.

— C'est vrai, concéda Tanis. Mais la forêt n'est pas très large, et la prairie la cerne de toute part. Je t'assure qu'il vaut mieux rester...

Le nain enfouit ses poings dans ses poches, fit un effort visible pour se contrôler, et tenta de prendre un air détaché, comme s'il assistait à des incendies tous les jours. Tanis réprima un sourire.

— Bon, alors, qu'est-ce qu'on fait ? reprit enfin Clotnik.

— Allons chercher cet arbre mort, là-bas, et traînons-le jusqu'au lac. Comme ça, nous aurons quelque chose à quoi nous accrocher.

Le nain faisait déjà volte-face ; Tanis le retint par une manche de sa tunique.

— Remplissons d'abord nos gourdes, suggéra-t-il. Lorsque l'incendie sera fini, l'eau risque de ne plus être potable.

Le demi-elfe creusa un trou dans le sol. Il y déposa leurs sacs à dos, l'épée incrustée d'argent dont Flint lui avait fait cadeau au cours de la dernière nuit passée à l'*Auberge du Dernier Refuge*, et recouvrit le tout de sable.

L'opération ne lui avait pas pris plus de six ou sept minutes ; pourtant, lorsqu'il se releva, le ciel avait une teinte vermillon, et de la fumée envahissait la rive du lac. Il se tourna vers la colline la plus proche et vit une rangée de flammes couronner son sommet. Paniqués, une foule de petits animaux dévalèrent la pente et se précipitèrent vers l'eau. L'incendie progressait rapidement, engloutissant la végétation sur son passage.

— Vite ! ordonna Tanis. Aide-moi à traîner cet arbre dans l'eau !

— Où est-il ? s'écria Clotnik. (Il aspira de la fumée et se mit à tousser.) Je... n'y vois... rien...

Grâce à son infravision, Tanis distinguait l'aura rouge du nain, même si celle-ci se confondait avec la chaleur de l'incendie. Il se précipita vers son compagnon, déchira un morceau de ses vêtements, le trempa dans l'eau et le plaqua contre le nez de Clotnik.

— Attache-le derrière ta tête, cria-t-il pour couvrir le rugissement des flammes. Ça t'aidera à respirer.

Il s'équipa de même, puis guida le nain jusqu'à l'arbre mort. Ensemble, ils s'arc-boutèrent pour le faire glisser jusqu'au lac. Ils eurent du mal à l'arracher à la boue dans laquelle il pourrissait, mais la vue de l'incendie fondant sur eux les galvanisa.

Lorsque le tronc flotta sur l'eau, Tanis déclara :

— Nous aurons besoin de perches pour repousser les débris enflammés. Je vais les chercher. Reste ici et attends-moi.

Il était en train de scruter la berge lorsqu'il entendit un cri terrible. Se redressant, il balaya du regard l'horizon en feu.

Des flammes rouges et jaunes à perte de vue… Puis une ombre se détacha à la limite de son champ de vision. Il mit une main en visière pour se protéger contre les cendres et la lumière aveuglante de l'incendie. Oui, c'était une silhouette humaine. Sans hésiter, le demi-elfe s'élança vers elle.

— Où vas-tu ? hurla Clotnik.

— Je crois qu'il y a quelqu'un là-bas.

— Oh non…

Malgré sa panique, le petit jongleur accourut pour prêter main-forte à son compagnon. Les flammes ne se trouvaient plus qu'à une centaine de pas de la lisière de la forêt.

— Au secours..., cria une voix étranglée.

— Ici ! Sur la droite ! s'exclama Clotnik. Tu as entendu ?

Sans répondre, Tanis se précipita vers la silhouette, luttant contre le nuage de cendres et la chaleur mortelle dégagée par l'incendie. Quelqu'un courait vers lui : un homme vêtu d'une longue tunique, qui titubait, talonné par les flammes.

— Par ici ! hurla Tanis en agitant les bras.

L'inconnu leva la tête. Il ne se trouvait plus qu'à dix pas du demi-elfe lorsqu'il tendit les bras vers lui et s'effondra sur le sol. Le feu bondit vers lui pour le dévorer.

Mais Tanis fut le plus rapide.

En quelques enjambées, il parcourut la distance qui les séparait et souleva l'homme dans ses bras. Les flammes léchèrent l'ourlet de sa tunique de cuir, mais le demi-elfe ne leur laissa pas le temps de satisfaire leur gourmandise. A toutes jambes, il dévala le flanc de la colline. Son fardeau le gênait, et il parvint tout juste à distancer l'incendie. Bientôt, il fut cerné par la fumée. Le souffle court, les yeux brûlants, il perdit la forêt de vue et s'immobilisa, désorienté.

— Où... ? balbutia-t-il en tournant la tête en tous sens.

Il ne voyait plus Clotnik. Pour la première fois de sa vie, il se demanda ce qu'on ressentait en brûlant vif...

Puis une petite main lui saisit le bras.

— Par ici ! dit une voix étranglée qu'il eut du mal à reconnaître. Tu as dévié de ton chemin. Les arbres sont de ce côté. Dépêche-toi !

Surpris autant que soulagé, Tanis ne se le fit pas dire deux fois. Une minute plus tard, il entrait dans l'eau à la suite du nain. Au-dessus d'eux, les flammes bondirent dans les arbres.

— Est-il encore vivant ? demanda Clotnik, anxieux.

Tanis baissa les yeux et vit qu'il portait un vieil homme au visage ravagé par les ans.

— Il respire encore, mais il est gravement brûlé.

Comme pour confirmer ses dires, la peau de l'inconnu grésilla au contact de l'eau. Lorsque le lac devint trop profond, Tanis et Clotnik nagèrent vers le tronc d'arbre en traînant le vieil homme à leur suite. La forêt n'était plus qu'un immense rideau de flammes, qui faisait pleuvoir sur eux des branches et des feuilles calcinées.

N'y tenant plus, Tanis posa la question qui le tourmentait depuis qu'il avait entendu l'appel au secours de l'inconnu :

— Est-ce l'homme qui a connu mon père ?

Clotnik acquiesça.

Le demi-elfe serra les mâchoires jusqu'à ce qu'elles lui fassent mal. Il aurait voulu crier, se battre avec le destin qui lui jouait encore un tour cruel. Mais il garda le silence.

Pendant toute la nuit, les deux compagnons se relayèrent pour maintenir la tête du vieil homme hors de l'eau. En l'absence de bâtons, ils durent se servir de leurs pieds pour repousser les débris enflammés qui tombaient près d'eux. Le pire était la pluie de braises. A plusieurs reprises, ils durent entraîner le vieil homme sous l'eau pour lui éviter d'être brûlé.

L'incendie continuait à faire rage.

CHAPITRE III

LE MARCHÉ

L'aube se levait lorsque les flammes s'éteignirent. De la forêt, il ne restait plus que des souches noircies ; la brise faisait danser d'épais nuages de cendres autour du lac.

Clotnik dormait, à moitié immergé, une jambe passée autour d'une branche de l'arbre mort, l'autre trempant dans le lac. Tanis, qui s'était assoupi pendant quelques minutes, lui jeta un regard plein de sympathie. Le petit jongleur ressemblait à un enfant perdu. Mais une bonne nuit de sommeil le remettrait d'aplomb.

Le demi-elfe était plus inquiet pour le vieil homme. Celui-ci était calé dans une fourche de l'arbre mort. Le cœur serré, l'elfe attendit que la poitrine du blessé se soulève. Au moins, l'eau froide calmait-elle la douleur de ses brûlures…

C'était toujours ça.

D'une main, Tanis écarta les cendres de la surface du lac et recueillit un peu d'eau pour s'asperger le visage. Puis, malgré ses muscles endoloris, il pagaya avec ses bras pour se rapprocher du rivage.

Il n'était plus qu'à quelques brasses de la terre ferme quand une voix croassa derrière lui :

— Toi.

Il jeta un regard à Clotnik, mais le nain ronflait encore.

— Là, dit la voix. Ici.

A sa grande surprise, Tanis vit que le vieil homme avait ouvert les yeux. Il cessa de « ramer ».

— Non, continuez. Sortez-moi de ce lac avant que je ne me ratatine...

— Vous êtes gravement brûlé, l'ancien, dit doucement Tanis. Vous allez avoir mal lorsque je vous poserai sur le sol.

— Que savez-vous de la douleur ? rétorqua le vieil homme, sarcastique. Faites ce que je vous dis.

Clotnik s'agita dans son sommeil, manqua tomber de l'arbre et se réveilla en sursaut. Ses yeux rougis se posèrent sur le visage du vieil homme.

— Je ne pensais pas que tu survivrais jusqu'au matin, dit-il gravement.

— Il le fallait, répondit l'inconnu d'une voix brisée par la souffrance. Je n'avais pas le choix.

*
* *

Tanis déterra leurs maigres possessions. Sortant une couverture de son sac, il la trempa dans le lac et l'étendit sur la rive.

— Aide-moi, dit-il à Clotnik en désignant le vieil homme.

Une odeur de chair mourante assaillit leurs narines. Soulevant le blessé, ils le déposèrent sur la couverture avec mille précautions. Clotnik mit un point d'honneur à ne pas regarder ce qu'il faisait... Mais il sentit son estomac se soulever lorsqu'il vit ses mains couvertes de lambeaux de chair brûlée.

— Par Réorx ! jura-t-il avant de se détourner et de vomir son repas de la veille.

— On dirait que je suis un peu trop cuit, dit le vieil homme, sarcastique.

— Vous acceptez votre sort avec un calme surprenant, fit remarquer Tanis.

— J'en suis seul responsable. C'est moi qui ai allumé l'incendie.

Les yeux bleus de l'inconnu se remplirent de larmes. Tanis fronça les sourcils.

— Pourquoi ? demanda-t-il, interloqué.

— J'étais pourchassé par des sligs. Une armée entière. J'ai pensé que le feu les éloignerait ou les tuerait.

Tanis regarda autour de lui. Clotnik se remettait tant bien que mal de sa nausée. De la fumée montait encore des restes calcinés du bois ; les animaux avaient depuis longtemps disparu. Des sligs auraient eu du mal à se cacher dans ce paysage désertique.

— On dirait que ça a marché, constata le demi-elfe. Je ne savais pas que les sligs s'aventuraient dans cette partie du monde. Ils devaient convoiter quelque chose de précieux. (Comme le vieil homme détournait le regard, il poursuivit :) L'incendie s'étendait d'un bout à l'autre de l'horizon. Vous avez dû l'allumer à une bonne distance d'ici…

L'inconnu secoua la tête et fit une grimace de douleur. L'engourdissement provoqué par l'eau glacée se dissipait peu à peu ; il devait souffrir terriblement. Un voile passa sur ses yeux, qu'il ferma dans un soupir.

— Non, chuchota-t-il. Je n'étais pas loin. Ma magie l'a aidée à se propager.

— Vous êtes magicien ?

— J'ai de beaux restes, rectifia le vieil homme avec un rire caverneux.

— Alors pourquoi ne pas avoir lancé de sort pour vous protéger de l'incendie ?

— Mes pouvoirs ne sont plus ce qu'ils étaient. Le feu allumé, je ne suis pas parvenu à le contrôler. J'avais de l'avance, mais le vent a changé de direction et les flammes n'ont pas tardé à me rattraper. Je ne pensais pas que je m'en tirerais.

Sa voix faiblissait ; il avait de plus en plus de mal à parler.

Clotnik, qui avait été se rincer le visage dans le lac, rejoignit ses compagnons. Il était pâle et se tenait l'estomac d'une main, comme pour l'empêcher de faire encore des siennes.

— C'est à Tanis que tu dois la vie, dit-il au vieil homme.

— Je sais. Quand je l'ai vu, je l'ai d'abord pris pour son père.

Le demi-elfe sentit une boule se former dans sa gorge. Un millier de questions se bousculaient dans sa tête, mais il ne parvint pas à en formuler une seule. *Je vous en prie, laissez-le vivre assez longtemps pour qu'il me raconte ce qu'il sait.*

— Tu devrais te reposer maintenant, dit le nain.

Pour toute réponse, le mage pinça les lèvres. Il avait dû être sacrément têtu en son temps, songea Tanis.

— Je ne peux pas. Il me reste trop peu de temps. Je dois parler au demi-elfe pendant que je peux encore.

Il essaya de tourner la tête, mais la douleur était insupportable. Il poussa un gémissement ; ses yeux se révulsèrent.

— Nous resterons avec vous jusqu'à ce que..., commença Tanis.

Il s'interrompit, gêné.

— Jusqu'à ce que je meure ? acheva le vieil homme entre ses dents serrées. Non. Pas toi. Nous devons conclure un marché. (Il avait de plus en plus de mal à parler.) Je te propose... tout ce que je sais sur ton père... en échange d'un service.

— Bien entendu, répondit Tanis sans hésiter. Dites-moi ce que je peux faire pour vous.

Les yeux du mage prirent un éclat métallique.

— Je veux que tu retrouves quelqu'un... Quelqu'un qui mourra si tu ne l'aides pas.

De ses mains tremblantes, il agrippa la tunique du demi-elfe et tenta de l'attirer à lui.

— Il faut la sauver ! souffla-t-il d'une voix étranglée. Donne-moi ta parole !

— Celle dont vous parlez se trouvait-elle dans la plaine au moment où vous avez allumé l'incendie ? s'enquit Tanis.

Le mage secoua la tête avec l'énergie du désespoir.

— Non. Elle est... très loin d'ici.

— Comment s'appelle-t-elle ?

— Brandella. Tu dois la trouver et la sauver, pour qu'elle continue à vivre après ma mort.

— Kishpa, tu ne lui as rien expliqué, intervint Clotnik.

— C'est vrai. Donne-moi de l'eau.

Le vieil homme but avidement à la gourde que lui tendait le nain, puis il entreprit de raconter son histoire :

— Il y a trois ans, j'ai lancé un sort de divination pour que la magie désigne un être capable de me venir en aide. Et c'est toi qu'elle a choisi, Tanthalas, dit-il en utilisant le nom elfique de Tanis. Depuis, je te cherche partout. Ma requête est simple. Ton père est arrivé dans mon village il y a quatre-vingt-dix-huit ans. Je te conduirai à lui si tu me ramènes Brandella.

Le vieil homme s'interrompit pour reprendre son souffle. Tanis avait autant de mal que lui à respirer. Son *père*. Etait-ce possible ? Quatre-vingt-dix-huit ans n'étaient rien pour un elfe, mais... Le guerrier qui avait violé sa mère ne pouvait être encore vivant.

— Comment puis-je trouver Brandella ? demanda-t-il.

Les lèvres craquelées de Kishpa s'étirèrent en un sourire.

— De la même façon que tu trouveras ton père : en explorant mon passé. Tous deux vivent dans mes souvenirs.

CHAPITRE IV

LA SUPPLIQUE DU MAGE

Tanis sentit ses espoirs s'évanouir en fumée comme les herbes de la prairie. Les yeux bleus de Kishpa le fixaient avec une intensité inquiétante.

— Il délire. Clotnik, passe-moi d'autres couvertures pour dresser une tente. Nous devons le protéger...

Mais le nain se contenta de lever les yeux vers son compagnon.

— Kishpa est parfaitement sain d'esprit.

Tanis regarda ses compagnons, se demandant s'il n'était pas en train de devenir fou.

— Brandella vit et respire à l'intérieur de moi, croassa Kishpa, le souffle court. Ainsi que ton père, du moins, tant que je suis en vie. C'est pour ça que j'ai besoin de toi, Tanis.

Pris d'une quinte de toux, il cracha du sang. L'essuyant d'une main tremblante, il poursuivit :

— Tant que je suis encore conscient, je lancerai un sort. Je t'enverrai au plus profond de mes souvenirs, à l'époque où Brandella et moi étions heureux, au moment où ton père est arrivé dans mon village.

Il s'interrompit ; Clotnik lui jeta un regard inquiet. Tanis regarda la poitrine du vieil homme se soulever faiblement au rythme de sa respiration. La tunique était brûlée, mais elle avait dû être rouge autrefois.

Le mage lutta contre un spasme de douleur et reprit :

— Apprends ce que tu pourras au sujet de ton père, mais trouve Brandella et sors de ma mémoire avec elle. Ainsi, lorsque je mourrai, elle continuera à vivre. Je ne veux pas que son souvenir disparaisse. Tu comprends, Tanis ? Je l'aime trop pour l'entraîner dans la tombe. Trouve-la. Délivre-la.

Le vieil homme se détendit ; une lueur d'espoir s'alluma dans son regard suppliant.

— Alors ? Tu acceptes ?

Voir son père. Le rencontrer enfin. Lui parler, peut-être.

— Oui, répondit le demi-elfe.

Le mage sourit faiblement.

— J'aurais des tas de choses à te dire, mais je dois ménager mes forces pour lancer le sort. Clotnik, tu veux bien lui expliquer ? Fais vite. Le temps m'est compté.

Le nain prit Tanis par le bras et l'entraîna vers la berge. Ils s'assirent sur le tronc d'arbre échoué. Clotnik commença à parler, ses yeux couleur de mousse fixant l'horizon. De fines rides sillonnaient ses paupières ; Tanis comprit qu'il ne devait pas être aussi jeune qu'il en avait l'air.

— Kishpa a rencontré Brandella il y a bien longtemps. A l'époque, la guerre faisait rage dans le pays ; une épidémie décimait la population. Les humains décidèrent de fuir vers l'ouest pour lui échapper et envoyèrent leurs armées ouvrir un chemin. Ils avancèrent vers les villages elfiques éparpillés au nord du Qualinesti, jurant d'exterminer ceux qui leur barreraient la route.

Tanis avait entendu parler de cette période. Elfes et humains traînaient un lourd contentieux. Ça expliquait leur suspicion mutuelle, et le fait que les deux races considèrent leurs bâtards comme des parias.

— Et mon père ?

Clotnik tourna la tête vers lui.

— Ton père faisait partie de ces soldats. Tu vas sans doute assister à des scènes très violentes, et tu dois t'y préparer. Attention, tu peux mourir dans la mémoire de Kishpa...

— Je serai prudent, promit Tanis.

Clotnik secoua la tête, attristé, et lui posa une main sur l'avant-bras.

— La mort est le *moindre* des dangers que tu rencontreras.

— Tant pis. Je suis prêt à courir le risque. Explique-moi ce qui m'attend.

— Kishpa l'ignore. Tu peux modifier le cours de sa vie, ou seulement ses souvenirs, ou rien. Il s'en moque, du moment que tu retrouves Brandella et que tu la ramènes avant sa mort. Mais s'il s'arrête de respirer pendant ton voyage, tu en feras autant... Du moins, dans sa mémoire. Il ne sait pas si tu pourras revenir dans le monde.

Tanis ne répondit pas, s'efforçant d'évaluer la situation. Ses compagnons, depuis le robuste Caramon jusqu'au minuscule Tass, étaient partis... mais aucun d'eux, il l'aurait parié, n'avait quitté la réalité. Il ouvrit la bouche pour parler ; Clotnik l'interrompit :

— Tout ce que je peux dire, c'est que tu dois la retrouver et sortir de l'esprit de Kishpa avant qu'il meure.

— Comment ?

— Mais... par magie, bien sûr.

Tanis eut le sentiment bizarre que le petit jongleur ne lui disait pas tout.

— Kishpa pourra nous ramener ici ? insista-t-il.

Clotnik eut un sourire bizarre.

— Si tout se passe bien.

— Quelque chose m'échappe, dit Tanis. Kishpa a l'air humain. Comment peut-il avoir aimé une jeune femme il y a près de cent ans ?

— Tu trouves qu'il a l'air humain ? Ce doit être à

cause de ses brûlures. En réalité, son grand-père était elfe.

Tanis hocha la tête.

— Comment dénicherai-je mon père ? Et Brandella ? A quoi ressemblent-ils ?

— Tu les découvriras tous les deux dans le village d'Ankatavaka, sur la rive nord-est du Détroit d'Algoni. D'après ce que Kishpa m'a dit, ton père avait les mêmes yeux et la même bouche que toi. Ses cheveux étaient longs et noirs, son nez cassé, et pendant le court laps de temps où il a séjourné à Ankatavaka, il était blessé à la jambe droite.

— Et ma mère ? Habitait-elle aussi dans le village de Kishpa ? demanda Tanis, plein d'espoir.

La perspective de rencontrer celle qui l'avait mis au monde valait tous les dangers...

— Non, répondit Clotnik en se détournant. Kishpa ne la connaissait pas.

Tanis poussa un soupir.

— Tant pis. Parle-moi de Brandella.

— Elle était tisseuse lorsqu'il l'a rencontrée. Tu la reconnaîtras au premier regard, Tanis. Ça ne fait pas le moindre doute.

— Mais comment ?

— Ne t'inquiète pas. Tu sauras, c'est tout.

Clotnik se leva pour retourner auprès du vieil homme, indiquant que la conversation était terminée.

— Et toi ? lui demanda Tanis à brûle-pourpoint. Pourquoi fais-tu tout ça ?

— Oh, ce n'est pas grand-chose, répondit le nain. J'aurais voulu faire le voyage à ta place, mais Kishpa a refusé. Il m'a dit que le sortilège avait été très clair sur ce point. C'était toi, et personne d'autre. (Il prit une longue inspiration, jeta un coup d'œil au mage et poursuivit à voix basse :) Mais je ne le crois pas. Il ne voulait pas que j'y aille, c'est tout.

— Pourquoi ?

— Pour la raison qui me poussait à y aller, fut la réponse sibylline de Clotnik.

Le nain arracha un morceau d'écorce au tronc de l'arbre mort, puis leva la tête vers Tanis.

— Si tu survis à ce voyage, je te raconterai tout. Mais pour le moment, c'est assez. Kishpa est prêt.

Coupant court aux questions du demi-elfe, il trottina jusqu'au vieil homme. A grand-peine, celui-ci tira deux objets d'une bourse recroquevillée pendue à sa ceinture. Le premier était un bout d'étoffe usée, le second, un simple porte-plume de bois. Kishpa les tendit à Tanis.

— Ce morceau de tissu est tout ce qui me reste d'elle, dit-il tristement. Il vient d'un foulard qu'elle m'avait tissé autrefois. Tu le lui donneras en gage de mon amour.

— Et le porte-plume ?

— Tu le laisseras dans le passé. C'est le meilleur moyen de le mettre hors d'atteinte des sligs.

Les sligs, des créatures apparentées aux gobelours, étaient réputés pour leurs crocs acérés, leur laideur et leur comportement antisocial. On les rencontrait très rarement aux abords de Solace.

— Pourquoi voudraient-ils s'en emparer ?

— Parce que c'est un objet magique très puissant qui prévient son porteur du danger. Celui qui le possède ne peut jamais être pris par surprise. Ils ne faut pas que ces monstres l'aient !

Tanis allait poser une nouvelle question, mais Clotnik s'impatienta :

— Kishpa s'affaiblit. Nous devons nous hâter.

Le demi-elfe glissa le bout de tissu et le porte-plume à l'intérieur de sa tunique. Le mage le regarda faire, les yeux emplis de gratitude. Soudain, son visage se durcit.

— Il me reste une dernière chose à te dire. Quelqu'un essaiera de t'empêcher de libérer Brandella.

— Qui ça ?

— Moi.

Le temps que Tanis se remette de sa surprise, le

mage commençait à incanter dans une langue qu'il n'avait jamais entendue auparavant. Ses mots avaient un son musical ; leurs syllabes étaient autant de notes complexes. Kishpa les répéta trois fois.

Rien ne se produisit. Tanis jeta un coup d'œil consterné à Clotnik.

— Ça n'a pas marché, dit-il doucement.

— Chut ! lui intima le nain.

Kishpa ferma les poings, les secoua et les rouvrit. Des rubans de peau morte lui tombèrent des doigts, mais il ne parut pas s'en apercevoir. Il referma les poings. Les secoua. Les rouvrit. Les ferma une troisième fois. Les secoua...

Tanis disparut.

DEUXIÈME PARTIE

CHAPITRE V

LE TUNNEL

La silhouette de Kishpa disparut, remplacée par une paire de bottes en cuir noir. Tanis leva la tête et aperçut le reflet du soleil sur la lame d'une épée fondant sur son crâne.

Les elfes éprouvent un grand respect pour la vie. Avant chaque bataille, ils se rassemblent et demandent pardon aux dieux pour les existences qu'ils s'apprêtent à faucher. Mais cette fois, Tanis n'avait le temps de rien, et surtout pas de se recueillir.

Une nouvelle épée apparut au-dessus de lui, bloquant la lame qui s'apprêtait à s'abattre.

— Tirez votre arme !

Tanis ne se le fit pas dire deux fois. Laissant ses instincts de guerrier prendre le dessus, il flanqua un coup d'épaule dans la poitrine de son agresseur, puis dégaina son épée incrustée d'argent. Pendant que son adversaire s'écroulait sur le sol, il jeta un coup d'œil autour de lui.

Il avait atterri au milieu d'un combat entre elfes et humains. La scène se déroulait dans une petite clairière, en pleine forêt.

Et il ne savait absolument pas de quel côté il se trouvait…

Un soldat humain aux longs cheveux gras régla la

question en plongeant sur lui, l'épée en avant. Tanis bloqua sa lame et lui donna un coup de pied dans le ventre. Le soldat recula en se tenant l'estomac, ses grognements étouffés par les cris des autres combattants.

Tanis scruta les visages, à la recherche de celui de son père. Mais l'air empestait la sueur et le sang, la mort planait au-dessus de sa tête, et il décida que le moment était mal choisi. Mieux valait battre en retraite avant d'être forcé de tuer des hommes avec lesquels il n'avait aucune querelle.

Mais avant qu'il puisse mettre son idée à exécution, une voix elfique poussa un cri d'alarme :

— La cavalerie !

Instinctivement, Tanis se tourna vers le seul chemin assez large pour laisser passer des hommes à cheval. Ceux-ci fondirent sur les soldats elfes en poussant des cris de guerre, les transpercèrent de leurs lances, les taillèrent en pièces avec leurs épées...

Tanis réussit à en désarçonner un, à briser l'arme d'un autre — mais ils étaient trop nombreux....

— On bat en retraite ! hurla un commandant elfe.

Tanis s'enfuit, deux cavaliers à ses trousses. Il ne parviendrait pas à les distancer ; sa seule chance était de se mettre à couvert au plus vite. Il aperçut un tronc d'arbre mort sur sa gauche. Ce n'était pas grand-chose, mais ça devrait suffire.

Roulant sur le sol, il se jeta derrière au moment où ses poursuivants le rattrapaient. La poussière l'aveugla ; il balaya l'air devant lui, au jugé. Une des lances frôla son oreille, sa lame dévia l'autre. Il entendit les chevaux hennir et se frotta les yeux. Les humains allaient faire demi-tour et revenir — il fallait être prêt à les accueillir...

Deux mains jaillirent du tronc de l'arbre, le saisirent par la ceinture et l'attirèrent dans les ténèbres.

*
* *

Tanis gisait sur le sol humide, le visage éclairé par un rayon de lumière. Quelque chose s'enfonça dans ses côtes, peut-être un bâton. Il tenta de s'asseoir.

— La vie est merveilleuse. Sans elle, vous seriez mort à l'heure qu'il est, chuchota une voix grave avant de rire de sa plaisanterie.

— Qui êtes-vous ? balbutia Tanis, encore sonné.

— On me donne beaucoup de surnoms, dont la plupart ne sont guère flatteurs... Mais mon vrai nom est Scowarr Petites-Epaules. Je ne trouve pas ça tellement flatteur non plus...

— Vous êtes humain ? demanda Tanis en tâtonnant pour retrouver son épée.

— Votre arme est juste à droite. Faites attention à la lame, dit Scowarr. Vos yeux s'habitueront bientôt aux ténèbres.

A en juger par sa voix rocailleuse, ce n'était pas un elfe ; pourtant, il venait de le sauver. *En général, on n'aide pas un ennemi à retrouver son épée*, songea le demi-elfe. Il récupéra son arme et la remit au fourreau. C'était tout juste s'il distinguait la silhouette de son sauveur dans l'obscurité.

— Venez avec moi, ordonna Scowarr d'une voix de ténor. Mais gardez la tête baissée. Le tunnel est plutôt bas.

Pendant que Tanis lui emboîtait prudemment le pas, il poursuivit :

— Avant l'arrivée des soldats, les villageois étaient tous en si bonne santé qu'ils ont dû tuer un des leurs pour ouvrir un cimetière.

Le demi-elfe n'écoutait qu'à moitié.

— Sommes-nous à Ankatavaka ?

Son guide s'arrêta devant lui.

— Hé, c'était une blague ! Où est passé votre sens de l'humour ?

Etant donné les circonstances, Tanis pensait en avoir moins besoin que de son instinct de survie.

— S'il vous plaît... Sommes-nous à Ankatavaka ? insista-t-il.

— Oui, répondit Scowarr, irrité, reprenant sa voix de basse. Et avant que vous ne m'énerviez trop, je préfère vous avertir : restez à gauche lorsque le tunnel se séparera en deux.

Ils se remirent en route. Tanis avait du mal à avancer dans l'étroit passage. Ses vêtements accrochaient les saillies des parois, et il dut bientôt marcher de profil.

— Je ne suis pas certain d'arriver à passer.

— Mais si, répondit Scowarr. Forcez un peu. Si je pouvais, je vous ferais volontiers cadeau de mes petites épaules et du nom qui va avec.

Un kender ? supputa Tanis. Non, impossible. Son guide s'emportait trop facilement.

— Ce tunnel va-t-il bientôt s'élargir ?

— L'avantage, poursuivit Scowarr sans répondre à sa question, c'est que je constitue une cible difficile à atteindre. J'aime voir les choses du bon côté. Enfin, quand j'ai assez de lumière. Au fait, quel est votre nom ?

— Tanis Demi-Elfe.

— Eh bien, Tanis... Vous tenez à votre nom entier, ou ça ira comme ça ?

—Vous m'avez sauvé la vie ; appelez-moi comme vous voulez, haleta le demi-elfe en rentrant le ventre pour se faufiler entre deux protubérances rocheuses. Pendant que j'y suis, pourquoi avez-vous fait ça ?

— Pour répondre à votre question, dit Scowarr, sautant du coq à l'âne, le tunnel va bientôt s'élargir avant de tourner à droite et de plonger vers le bas. (Sa voix prit des inflexions de baryton.) Si je vous ai sauvé la vie, c'est parce que j'ai besoin de protection.

Tanis grimaça. Kishpa était mourant ; il ne tiendrait sûrement pas assez longtemps pour que le demi-elfe s'amuse à papillonner dans sa mémoire. D'un autre côté…

Il lui sembla entendre la voix de Sturm de Lumlane : « Mon honneur est ma vie ». Quelles que soient les conséquences, son ami aurait trouvé un moyen d'aider Scowarr.

— Alors ? demanda son guide. Allez-vous payer votre dette ?

Tanis décida d'être honnête — autant qu'il le pouvait. S'il racontait son histoire, Scowarr ne le croirait jamais.

— Ecoutez..., je suis venu ici pour trouver deux personnes. Je dois faire vite, et repartir immédiatement. Je n'ai pas le choix... Mais si je peux vous protéger dans l'intervalle, je le ferai. Vous avez ma parole.

— Bien, approuva Scowarr d'une voix plus légère. Et vous, vous avez ma chanson.

CHAPITRE VI

MARÉE MONTANTE

— Certains cultivent la terre, d'autres tannent les peaux. Il y a des forgerons, des professeurs, des clercs et des soldats. Tout le monde fait quelque chose. Moi, je suis un comique. Je raconte des blagues, expliqua Scowarr.

— Et tu gagnes ta vie comme ça ? demanda Tanis, en examinant la lame de son épée.

Le frêle humain ne lui répondit pas. Son visage juvénile était marqué de profondes rides de chaque côté de la bouche : sans doute riait-il trop. Du bout de son bâton, il remua les braises du feu qu'ils avaient allumé dans la caverne.

Tanis crut qu'il l'avait offensé.

— Je suis désolé.

— Non, c'est moi, se lamenta Scowarr. De tous les abrutis que j'aurais pu sauver, il a fallu que j'en choisisse un qui ne rit pas de mes plaisanteries, qui ne s'émerveille pas de mon esprit, et qui n'a même jamais entendu parler de moi !

— Chut ! dit Tanis, un index devant sa bouche. Qui sait ce qu'abritent ces tunnels ?

Scowarr l'avait guidé au travers d'un dédale rocheux jusqu'au nord d'Ankatavaka, dans une caverne ouvrant sur le Détroit d'Algoni. Jetant un coup d'œil peu rassuré derrière lui, le comique prit une inspiration et ferma les yeux.

— Pas la peine de me faire peur, lâcha-t-il enfin. Un jour où j'étais malade, je suis allé voir un guérisseur. Je lui ai dit que j'avais peur de mourir, et sais-tu ce qu'il m'a répondu ? « Ne vous inquiétez pas, c'est bien la dernière chose que vous ferez. »

Tanis sourit.

— C'est tout ? s'indigna Scowarr. Une de mes meilleures blagues, et tu daignes juste retrousser le coin d'une lèvre ?

— Je pensais à autre chose, s'excusa le demi-elfe.

— Pfft, fit son compagnon en haussant les épaules. Quand je pense qu'à cause de ma réputation, ces maudits humains m'ont enrôlé de force dans leur armée !

— Ces maudits humains ? répéta Tanis, interloqué. Mais tu en...

Il se mordit la langue et feignit de s'intéresser à sa lame.

— « Fais-les rire, qu'ils m'ont dit. Ils sont loin de chez eux et ils n'ont pas le moral. Tu as toujours amusé les gens, Petites-Epaules. C'est ce que nous ont dit tes voisins. Alors distrait nos gars, ou on ne t'appellera bientôt plus qu'Epaules-Cassées. »

— C'est comme ça que tu t'es retrouvé ici ?

— Oui. Je commence à croire que mes voisins essayaient de se débarrasser de moi.

Tanis ne savait pas trop si c'était une blague ou non. Probablement pas, conclut-il en voyant le visage de son compagnon.

— Hier, nous nous trouvions à quelques lieues au sud, reprit Scowarr. Pendant qu'il attendait les ordres, le commandant a fait asseoir ses trois cents hommes à flanc de colline. « Fais-les rire, qu'il m'a dit. Tout de suite. » Evidemment, j'ai protesté. « C'est le milieu de l'après-midi. Ils sont fatigués et de mauvaise humeur. Le moment est mal choisi. » « Ils sont fatigués et de mauvaise humeur, a reprit le commandant, c'est exactement pour ça qu'ils ont besoin de rire un bon coup. » Et il m'a mis un couteau sous la gorge...

Tanis se pencha vers le garçon.

— Et alors, que s'est-il passé ?

Scowarr tourna la tête vers l'entrée de la caverne. Mais Tanis savait qu'il ne voyait pas les vagues du Détroit d'Algoni dansant au pied de la falaise. Plongé dans ses souvenirs, il revivait l'humiliation de la veille.

— Ils ont ri, lâcha-t-il enfin, l'air lugubre. Ils ont tous ri. Mais pas de mes blagues : de moi. Et au bout d'un moment, l'un d'eux — un type de ma propre race ! — m'a tiré une flèche dessus.

Choqué, Tanis se redressa.

— Il ne voulait pas me toucher, expliqua Scowarr. Mais les autres se sont piqués de l'imiter. Tu te rends compte ? (Son visage était rouge de colère.) Ils n'aimaient pas mes blagues, alors ils ont décidé de me tuer. Ça, ça les faisait rire !

— Comment t'en es-tu sorti ? demanda Tanis, épouvanté par la cruauté des humains.

— J'ai plongé sous un chariot. Sans ça, je suis certain qu'ils m'auraient taillé en pièces. Mais à quelque chose malheur est bon…

— Comment ça ?

Le visage de Scowarr s'éclaira.

— Ça m'a fait penser à une nouvelle blague. Tu veux l'entendre ?

— Tu es sûr de vouloir me la raconter ?

— A condition que tu promettes de ne pas me tuer si elle ne te plaît pas.

Tanis hocha la tête. Son compagnon se leva et lissa ses vêtements poussiéreux d'un revers de la main, comme s'il se préparait à entrer en scène. Sa voix baissa un peu :

— Tu connais celle du comique qui a raconté les mêmes blagues pendant trois jours courant ?

— Non, répondit Tanis, l'air encourageant.

— Il n'osait pas rester sur place pour voir la réaction du public.

Le demi-elfe sourit.

— Pas mal, dit-il gentiment.

Exaspéré, Scowarr passa la main dans ses cheveux coupés en une brosse approximative. La coiffure était rare chez les humains — enfants et guerriers exceptés. Peut-être le jeune homme l'avait-il adoptée pour faire rire son auditoire. Ou parce qu'il était son propre coiffeur, et que ça lui avait semblé plus simple.

— Comment ça, « pas mal » ? Tu n'as même pas ri !

— Mais je vois bien que c'est drôle, protesta Tanis.

— Il ne faut pas le voir, il faut le sentir, explosa Scowarr en lui tournant le dos.

Il ressemblait à une hirondelle ébouriffée. Le demi-elfe sourit... Malgré lui, il commençait à apprécier son compagnon. Il allait le lui dire lorsqu'une vague vint s'écraser contre la falaise, projetant des gouttelettes dans la caverne.

Le feu de camp crépita, puis s'éteignit quand une deuxième vague, plus haute que la précédente, le noya sous cinq pouces d'eau salée.

— La marée monte, constata Tanis en s'approchant de l'entrée. Il faut sortir d'ici.

Alors il remarqua un navire ancré près de la côte dans le port du village elfique. De petits bateaux de pêche bondés évacuaient les habitants.

— Les humains doivent être vraiment nombreux pour que les elfes abandonnent leurs maisons, dit tristement Tanis.

Scowarr le rejoignit à son poste d'observation. Il mesurait une bonne tête de moins que son compagnon.

— Oui... Le combat auquel tu as été mêlé n'était qu'une escarmouche. Les humains veulent s'approprier le nord du Qualinesti, et ils n'en font pas mystère. Bientôt, ils auront poussé tous les elfes à la mer ou vers le sud du pays.

Dans une gerbe d'écume verte, une nouvelle vague s'abattit. Scowarr frissonna et Tanis fronça les sourcils.

Les tunnels risquaient d'être inondés avant qu'ils aient pu se mettre à l'abri. Il leur restait deux solutions. Ils pouvaient sauter dans l'eau et s'éloigner à la nage — mais la marée risquait de les rabattre sur les rochers. Ou bien, ils pouvaient escalader la paroi jusqu'à son sommet. Le seul problème, se dit le demi-elfe en se penchant hors de la caverne, c'est que leur tentative semblait d'avance vouée à l'échec.

— Tu sais grimper ? demanda-t-il à Scowarr.

Celui-ci approcha et leva la tête à son tour. Les yeux faillirent lui sortir de la figure.

— Je comprends maintenant pourquoi mes blagues ne te font pas rire : tu es cinglé, déclara-t-il, l'air lugubre.

— Ce n'est pas aussi haut que ça en a l'air. Trente pieds tout au plus. Et puis, je vois des racines qui feront d'excellentes prises...

— Ouais. Tu passes le premier, décréta Scowarr sans enthousiasme.

Tanis commença son escalade, glissant ses pieds dans de petites anfractuosités et s'accrochant à la maigre végétation. A mi-chemin, il s'immobilisa et jeta un coup d'œil vers son compagnon.

— J'ai de l'eau jusqu'à la taille ! cria Scowarr. J'arrive. Tâche de ne pas tomber, ou tu m'entraîneras dans ta chute !

— Au moins il n'a pas ajouté une de ses blagues foireuses, marmonna Tanis en saisissant une racine.

— ... Et ce serait une sacrée douche froide ! conclut triomphalement le comique.

Tanis étouffa un grognement.

Il poursuivit son ascension. La sueur mêlée au sang des coupures provoquées par les arêtes rendait ses mains glissantes. Pourtant, il continua à progresser. S'appuyant du pied gauche sur une grosse racine, du droit sur une minuscule corniche, il s'accrocha d'une main à un morceau de bois fossilisé. Puis il tendit l'autre vers un buisson.

Celui-ci se détacha dans une avalanche de cailloux, de terre et de bois pourri. Tanis perdit l'équilibre et ses deux pieds glissèrent dans le vide.

CHAPITRE VII

L'ESPOIR AUX MILLE COULEURS

— Non ! hurla Scowarr en recevant sur la tête une pluie de terre et de cailloux.

Par chance, le buisson le manqua de quelques pouces. Suspendu par le bras gauche à son bout de bois fossilisé, Tanis essayait désespérément de trouver des prises pour ses pieds.

— Tenez bon !

Le cœur du demi-elfe fit un bond dans sa poitrine. C'était une voix de femme, et elle venait du sommet de la falaise !

— Je n'ai pas de corde, mais je vais vous envoyer autre chose.

Tanis eut l'impression que son bras allait se détacher du reste de son corps. Plus il agitait ses jambes en quête d'un appui, plus ses doigts menaçaient de lâcher.

— Regardez sur votre droite, cria la voix féminine. Vous voyez ?

Tanis tourna la tête. C'était un foulard rouge noué à un foulard jaune, lui-même noué à un foulard violet, et ainsi de suite jusqu'en haut de la paroi. Il tendit son bras droit et se saisit de l'extrémité.

— A quoi l'avez-vous attaché ? haleta-t-il.

— A ma voiture à bras. J'ai calé les roues avec des

pierres, mais elle glisse quand même vers le bord. Je ne pourrai pas la retenir longtemps. Dépêchez-vous !

Tanis se hissa avec l'agilité d'un singe.

— Plus vite ! supplia la femme.

Les bras du demi-elfe le brûlaient, et sa bouche était aussi sèche que la paroi. Mais il était presque arrivé en haut. Plus que quelques tractions et...

Il leva les yeux, espérant découvrir une main tendue à laquelle il pourrait s'accrocher. A la place, il entendit un cri d'alarme et vit une voiture basculer par-dessus la falaise.

Non ! Pas si près du but !

La voiture le heurta de plein fouet. Etourdi, Tanis eut du mal à réaliser ce qui lui arrivait. La mer bondit à sa rencontre…

… Un vent d'une force terrible s'éleva, arrêtant net sa chute et le propulsant vers le haut de la paroi. Au même moment, la voiture à bras s'écrasa sur les rochers déchiquetés.

Incapable de respirer, le demi-elfe tenta de se mettre sur le ventre. C'était comme s'il flottait sur un tapis invisible. Quelques pieds plus bas, Scowarr grimpait, le visage déformé par la terreur.

Tanis lui tendit les bras, mais son compagnon réussit tout juste à agripper un de ses mollets. Ils montèrent ainsi jusqu'au sommet de la falaise, où ils furent aspirés hors du courant ascendant. S'écrasant sur le sol, ils roulèrent dans l'herbe.

Tanis mit un moment à reprendre son souffle. Puis, se souvenant de la femme qui lui avait lancé ses foulards, il se releva.

C'était une naine aux formes généreuses, aux yeux couleur de malachite et au sourire rayonnant. Elle était suivie d'un jeune homme qui lui parut vaguement familier. Mais les sens du demi-elfe avaient été quelque peu perturbés au cours des minutes précédentes…

La naine prit ses mains ensanglantées dans les siennes.

— Votre cri a attiré mon attention, dit-elle d'une voix chaude. Quand ma voiture a basculé par-dessus la falaise, j'ai bien cru que vous étiez perdu. Je suis désolée de n'avoir pu la retenir.

Elle posa sur le front de Tanis une main tiède et réconfortante. Le demi-elfe ferma les yeux. Sa bienfaitrice sentait les fleurs et le coton fraîchement lavé.

— C'est moi qui suis désolé pour votre voiture. Vous avez tout perdu…

— Ce n'était rien comparé à une vie, répondit la naine en souriant. (Puis, avisant Scowarr qui s'agitait non loin de là, elle rectifia :) A *deux* vies.

— Je... nous.. vous remercions de tout cœur pour votre aide, dit humblement Tanis.

— Et moi, alors ? s'exclama le jeune homme inconnu. Personne ne me dit rien ? C'est ma magie qui vous a sauvés !

Tanis cligna des yeux. La silhouette du nouveau venu était plus mince, ses cheveux plus touffus, sa tunique propre et d'une belle couleur écarlate. Mais il ressemblait à Kishpa. En tout cas, il avait les mêmes yeux.

— Vous parlez à Yeblidod et pas à moi ? poursuivit le mage avec une colère feinte. (Il se tourna vers la naine et la menaça gentiment :) Mertwig sera certainement jaloux. (Puis, sérieusement :) Ne t'inquiète pas pour ta voiture. Je la ferai remplacer.

Yeblidod hocha la tête avec gratitude.

Pendant ce temps, Tanis essayait de se représenter le jeune homme sous les traits d'un vieillard à la peau noircie, agonisant sur une couverture. Si semblables et si différents...

Bien que mal remis de ses émotions, le demi-elfe se souvint qu'il devait être prudent. Kishpa ne lui avait-il pas dit qu'il essaierait de l'arrêter ?

— Désolé pour mon manque d'éducation, dit-il avec une légère courbette. Je vous remercie de votre intervention. Puisse votre magie vous être toujours bénéfique.

— Ces paroles vous honorent, répondit le jeune homme. Mais vous n'êtes pas de mon village, et il semble que votre sang soit pour le moins mélangé. On pourrait se demander à qui va votre loyauté…

Habitué à la méfiance de ses interlocuteurs, Tanis ne se laissa pas démonter. Feignant d'ignorer l'héritage elfique de Kishpa, il répondit :

— Elle va à ceux qui me considèrent comme un ami. Et vous ? Vous êtes un humain, donc un ennemi potentiel d'Ankatavaka. A qui va *votre* loyauté ?

La naine le tira par la manche.

— Vous ne savez pas à qui vous parlez, chuchota-t-elle, embarrassée. Il s'agit de Kishpa, le petit-fils de Tokandi, un des anciens les plus respectés du village…

— Et grand amateur de beautés « exotiques », ajouta le jeune homme en éclatant de rire. Mon père était comme vous, un demi-elfe. Il a épousé une humaine (il semble que la tare soit héréditaire dans ma famille) et il lui a fait un fils : moi. Vous me demandez à qui va ma loyauté… Je vous réponds qu'Ankatavaka est mon foyer. Ses habitants sont mes amis, et les humains qui veulent l'attaquer, mes ennemis.

Comme si une idée venait de lui traverser l'esprit, il se tourna vers Scowarr en fronçant les sourcils.

— Mon compagnon ne fait pas partie de vos ennemis, se hâta d'expliquer Tanis. Les humains ont essayé de le tuer, et il s'est enfui. Il m'a sauvé la vie alors que des soldats allaient m'embrocher… Jugez-le sur ses actes, non sur sa naissance.

Kishpa dévisagea le demi-elfe.

— Philosophe, hein ?

— Si peu.

— Et modeste, en plus, dit le mage en souriant. Quel est votre nom ?

— Tanthalas, ou Tanis, comme il vous plaira.

— Dites-moi, Tanis, qu'est-ce qui vous amène ici ? demanda Kishpa, plissant ses yeux bleus.

L'intensité de son regard surprit le demi-elfe. C'était comme si son interlocuteur se doutait de quelque chose. Mentir n'était pas dans sa nature, mais il ne pouvait pas dévoiler la raison de sa venue…

— Un mourant m'a envoyé à la recherche de quelqu'un, expliqua-t-il enfin. J'espère repartir bientôt.

Kishpa n'eut pas l'air convaincu, et le demi-elfe se demanda s'il n'avait pas commis une erreur.

CHAPITRE VIII

SUR LES BARRICADES

Dans l'espoir de détourner l'attention de Kishpa, Tanis reporta la sienne sur Scowarr qui grelottait en silence.

— Eh bien, mon ami, qu'as-tu fait de ton sens de l'humour ? Le rire ne naît-il pas de la peur ?

Le comique lui jeta un regard lugubre avant de répondre :

— Je commence à avoir tellement l'habitude d'être effrayé que la sécurité me panique…

Yeblidod gloussa. Le visage de Scowarr s'éclaira comme par enchantement.

— Mais je me sens déjà mieux, ajouta-t-il.

— Où allez-vous tous les deux ? demanda la naine avec un sourire amical.

— Nulle part en particulier, répondit Tanis. Et vous ? Où vous rendiez-vous avant de perdre votre voiture en essayant de nous sauver ?

La naine tendit le doigt vers le navire ancré dans le port du village.

— Mertwig a emmené notre fils et la plupart de nos affaires dans ce bateau. Je suivais avec le reste. Notre maison est à l'extérieur du village, nous avons dû l'abandonner. La seule chose qui compte, c'est que notre fils soit à l'abri des combats.

— Tu devrais t'en aller aussi, gronda Kishpa. Tu donnes un mauvais exemple à Brandella.

Tanis sursauta. Ainsi, *elle* était là. Remarquant son mouvement de surprise, le mage lui jeta un regard méfiant.

— Brandella est assez grande pour prendre ses décisions seule, répondit Yeblidod, qui n'avait rien vu. Rien de ce que je pourrais dire ne la fera changer d'avis.

— Elle ne m'écoute pas non plus, se lamenta Kishpa. Pourtant, tu sais ce qui lui arrivera si le village tombe. Une humaine qui vit parmi les elfes... Si seulement vous acceptiez toutes deux de monter dans ce bateau, Mertwig et moi pourrions nous battre l'esprit tranquille. Les probabilités sont déjà assez contre nous. (Tanis haussa les sourcils.) Depuis les ravages de l'épidémie, je suis le dernier jeteur de sorts du village, et je n'ai pas encore terminé mes études, expliqua le mage. Les éclaireurs affirment que les humains sont six fois plus nombreux que nous. Ne vaudrait-il pas mieux que femmes, enfants et vieillards soient en sécurité quand le siège commencera ?

— Ceux qui veulent partir n'ont qu'à le faire, répliqua Yeblidod. Mais Canpho a besoin de moi à l'infirmerie, et Brandella tire à l'arc mieux que la plupart des guerriers. Elle sera plus utile ici que dans un bateau. Nous sommes prêtes à courir le risque…

Kishpa leva les yeux au ciel, mais Tanis se sentit soulagé. Il avait craint que Brandella ne lui file entre les doigts. Et son père, où était-il ? Probablement avec l'armée humaine massée aux portes du village…

— Vous semblez mélancolique, fit remarquer Yeblidod. Vous venez d'échapper à une mort certaine, vous vous êtes moqué de votre ami parce qu'il faisait triste mine, et voilà que vous l'imitez… (Un éclat malicieux dansa dans ses yeux verts.) Kishpa ! Tu devrais essayer un sort sur lui. Que dirais-tu de celui qui rend les orteils gluants ?

Le mage éclata de rire.

— Ne me dis pas qu'il te plaît !

— Oh si ! Quand tu l'as lancé sur Mertwig, je lui ai fait balayer le plancher avec ses pieds...

— Tu vois bien que rien n'est inutile...

— Un sort pour rendre les orteils gluants ? intervint Tanis, étonné. A quoi sert-il ?

— A rien, répondit Kishpa avec un large sourire. C'est pour ça qu'il figure dans ma collection. J'en possède un autre qui fait changer la neige de couleur, et un qui fait pousser une moustache à tous les êtres vivants dans un rayon d'une lieue...

Malgré lui, le demi-elfe éclata de rire. Scowarr se renfrogna davantage. Visiblement, il était insensible à l'humour d'autrui.

— Vous l'avez déjà utilisé ? demanda Tanis.

— Quoi ? Pour me faire chasser d'Ankatavaka ? protesta Kishpa.

Il rit à l'idée d'un village d'elfes moustachus — la plupart étaient imberbes, puis fronça les sourcils.

— Ecoutez !

Tanis tendit l'oreille. Par-dessus le bruit des vagues s'élevait le roulement des tambours de guerre.

— L'armée humaine avance.

— Je n'aurais pas dû perdre mon temps ici, gronda le mage. On a besoin de moi sur les barricades, et je bavarde avec deux inconnus qui se moquent bien de notre sort...

— C'est faux, protesta Tanis. J'ai déjà combattu les humains, et je les combattrai encore en cas de besoin. Je vous ai dit que j'étais loyal envers mes amis. Vous m'avez sauvé la vie. Je lutterai à vos côtés pour protéger ceux que vous aimez. Et Scowarr en fera autant..., n'est-ce pas ?

Il se tourna vers le comique.

— Moi ? s'étouffa celui-ci en blêmissant. Me battre ?

S'avisant qu'un mage qui l'avait tiré de l'eau pouvait aussi bien l'y rejeter, il corrigea :

— Bien sûr. Sans hésitation. Donnez-moi une épée, un bâton, ce que vous voudrez…

— Très convaincant, ricana Kishpa. Et je ne doute pas que les villageois soient enchantés à l'idée de se battre en compagnie d'un humain qu'ils ne connaissent pas.

Il fit volte-face et s'éloigna. Tanis courut à sa poursuite.

— Il suffit de lui bander la tête… comme s'il était blessé, suggéra-t-il. Ses vêtements sont en si mauvais état que personne ne pourra les identifier, et sa taille le rapproche plus des elfes que des humains.

Le mage laissa son regard errer sur le détroit.

— Pourquoi pas ? soupira-t-il enfin, désabusé. Nous aurons besoin de tous les bras possibles...

Soudain, ils se retrouvèrent sur les barricades d'Ankatavaka. Yeblidod avait disparu, et aucun des défenseurs elfiques ne semblait surpris par leur présence. Tanis crut d'abord que Kishpa les avait téléportés, puis il réalisa qu'il ne l'avait pas vu incanter. Le vieil homme qui luttait pour survivre dans le monde réel avait dû oublier sa course frénétique entre la falaise et le village. Pour son esprit, c'était comme si elle n'avait jamais eu lieu…

Les tambours de l'armée humaine résonnaient de plus en plus fort. Juché sur un chariot renversé, Tanis vit des milliers de soldats jaillir des bois et déferler dans la plaine qui les séparait des barricades. Leurs uniformes en lambeaux et leur manque de discipline les rapprochaient plus d'une meute d'animaux sauvages que d'une armée de métier. Hélas, les villageois n'étaient pas mieux entraînés.

Consterné, Tanis étudia les défenses. Pas de renforts prêts à intervenir au cas où une brèche serait ouverte. Personne pour ramasser les flèches ennemies…

A côté de lui, Kishpa se tourna face à la plaine, comme un flambeau d'espoir en tunique de velours écarlate. Les elfes le regardaient comme leur sauveur, et les humains comme leur première cible.

— J'espère que vous êtes bon, lâcha Tanis. Le village ne pourra pas soutenir un siège.

Sans répondre, Kishpa ferma les yeux et, agitant les mains, marmonna des paroles incompréhensibles. Une aura argentée souligna le contour de sa silhouette.

Les premiers assaillants humains mirent un genou à terre, bandèrent leurs arcs longs et décochèrent une volée de flèches dans la direction du mage. Tanis bondit hors de sa cachette et se jeta sur lui, l'envoyant rouler au pied du chariot dans un nuage de poussière.

Menés par un nain, une douzaine d'elfes se précipitèrent pour l'aider à se relever.

— Merci, Mertwig, mais je n'ai pas besoin de vous. Retournez à vos postes. (Puis il regarda Tanis et lâcha sèchement :) Voilà, vous avez réglé votre dette.

Le demi-elfe pinça les lèvres.

— En temps de guerre, il n'y a pas de dette qui tienne. Sauver la vie de ses camarades est le premier devoir d'un soldat ; on ne tient pas la comptabilité de ces choses-là.

— Vous avez du caractère, admit le mage, radouci.

— Ça ne me servira pas à grand-chose si vos pouvoirs nous font défaut, fit remarquer le demi-elfe. Et pour l'instant, tout ce qu'ils ont réussi à faire, c'est vous attirer une volée de flèches…

Kishpa sourit.

— Regardez derrière vous, et dites-moi si vous trouvez mes sorts inefficaces.

Tanis jeta un coup d'œil prudent par-dessus le chariot renversé. Surplombant la plaine, le ciel s'était chargé de gros nuages noirs, qui crachaient sur les assaillants un déluge, transformant le sol en bourbier.

Les elfes poussèrent des hurlements de joie. Beaucoup abandonnèrent leur poste pour se réunir autour de la barricade orientale et profiter du spectacle. Puis, reprenant leurs esprits, ils arrosèrent les humains de flèches.

La charge fut stoppée net… Mais une autre force ennemie déferlait sur la barricade sud. Les cris des défenseurs restés à leur poste furent engloutis par les rugissements de victoire poussés à l'est.

Tanis fut le premier à réagir.

— Suivez-moi ! ordonna-t-il à tous ceux qui pouvaient l'entendre. Nous devons nous rendre à la barricade sud. Vous l'avez dégarnie imprudemment ; je crains que les humains en profitent.

Un groupe de villageois s'élança sur ses talons. Rattrapant le demi-elfe, Scowarr courut à son côté.

— Je sais ce que tu penses, haleta-t-il en arrivant en vue de leur objectif. Tu te demandes pourquoi je ne raconte plus de blagues. Je vais te le dire : quand on est au fond de l'eau, la meilleure chose à faire est de fermer la bouche.

CHAPITRE IX

LE SACRIFICE

Enfonçant la barricade sud, les soldats humains déferlèrent comme un raz-de-marée... pour se heurter quelques pas plus loin au barrage que leur opposaient Tanis et une poignée d'habitants.

Se jetant dans la mêlée, le demi-elfe sentit l'angoisse l'étreindre, une expérience nouvelle pour lui. Ce n'était pas la première fois qu'il se battait contre plusieurs ennemis, mais jamais il ne l'avait fait sans ses fidèles compagnons.

Pourtant, il chargea.

D'habitude, Flint Forgefeu se tenait à sa droite, brandissant sa redoutable hache de bataille. Sturm de Lumlane combattait à sa gauche, et Caramon Majere se frayait un chemin dans les rangs ennemis à la pointe de son épée. Il pouvait compter sur les talents martiaux de Kit, le bâton de Tass, et sur la magie de Raistlin pour faire basculer le combat en leur faveur. Avec ses amis, il n'avait peur de rien. Sans eux, il redoutait tout.

Pourtant, il chargea.

Il ne savait pas si les villageois qui l'accompagnaient étaient capables de se battre, ignorant même combien il en avait entraîné à sa suite. Il n'avait pas le courage de se retourner pour les compter. S'il n'en voyait que deux ou trois, son enthousiasme en prendrait un coup.

Pourtant, il chargea.

Petites-Epaules se trouvait à son côté. L'humain ne valait pas Flint, mais il faudrait qu'il fasse l'affaire...

*

* *

Une femme se tenait au balcon. Dans les rues, des humains se battaient contre les elfes ; à l'est, des milliers s'embourbaient dans la plaine. Mais ce qu'elle vit au sud lui glaça le cœur d'effroi. Ils avaient enfoncé les barricades.

Les avertissements de Kishpa lui revinrent à la mémoire, mais elle n'en tint pas compte. Elle n'abandonnerait pas son village, tant qu'elle avait encore le pouvoir de le défendre.

Elle avait l'air fragile, pourtant un cœur valeureux battait dans sa poitrine. Ses traits étaient délicats, ses yeux bruns si foncés qu'ils paraissaient noirs sous leur épaisse frange de cils. Sa peau très pâle mettait en valeur la sensualité de sa bouche ; de longs cheveux bouclés cascadaient jusqu'à sa taille. Sa beauté était époustouflante.

Elle se nommait Brandella.

La jeune femme leva son arc, encocha une flèche et visa un humain qui escaladait les barricades. Elle ne voyait pas en lui un membre de sa race, seulement un ennemi. Elle éprouvait des scrupules à tuer, mais aucun à défendre son foyer, ses amis, sa vie avec Kishpa. La flèche se planta dans la cuisse gauche de l'homme qui tomba en arrière avec un hurlement de douleur.

Alors Brandella aperçut un petit groupe d'elfes, une douzaine tout au plus, qui chargeaient la marée d'assaillants humains. Avec une fureur contrôlée, elle commença à larder ces derniers de flèches pour venir en aide à ses compatriotes.

Mais elle n'avait guère d'espoir. Aussi fut-elle surprise de constater que les villageois luttaient pied à pied avec les humains, parvenant même à les faire reculer jusqu'aux barricades.

Brandella plissa les yeux. Un des défenseurs — un inconnu de grande taille — se battait avec férocité. Il se tenait devant les autres, son corps musclé moulé dans une tunique de cuir, vivante image du guerrier sans peur et sans reproche de ses rêves de petite fille. Elle souhaita de tout son cœur que les humains ne le tuent pas.

*
* *

Trempé de sang et de sueur, Tanis avait perdu le compte de ses victimes. Son épée tranchait les membres ennemis, ouvrant un chemin écarlate aux survivants de son groupe — dont le nombre diminuait à chaque instant.

Le commando de défenseurs avait, sans le savoir, une arme secrète dans sa manche : Scowarr. Avec sa tête entourée de bandages, seules de minces fentes laissaient entrevoir ses yeux, l'humain faisait une vision effrayante ; pour ses adversaires, on aurait dit un zombi, une créature revenue d'entre les morts. Les cris qui s'échappaient de sa bouche avaient une tonalité surnaturelle… Et les humains ignoraient que c'étaient les hurlements d'un homme terrifié, qui ne se rendait plus compte de ce qu'il faisait.

Les elfes, qui l'ignoraient tout autant, se sentaient galvanisés par l'incroyable courage de leur mystérieux allié…

Scowarr chargea ; les humains reculèrent devant ses coups désordonnés. Tanis et les elfes survivants en profitèrent pour attaquer de plus belle.

Les hommes commencèrent à rompre les rangs. Tanis plongea en avant, para l'attaque d'une hache, puis donna un coup de pied à son porteur et l'envoya rouler au pied des barricades. Un nouveau guerrier se jeta sur lui et tenta de le frapper de sa lame…

Une flèche jaillie de nulle part vint se loger dans sa nuque, le tuant sur le coup.

*

* *

La bataille était loin d'être terminée. Tanis et ses fidèles avaient gagné le sommet de la barricade — il fallait maintenant tenir jusqu'à ce que les autres villageois viennent leur porter secours. Et la nuit qui approchait ne facilitait pas la tâche.

Du petit groupe qui avait suivi le demi-elfe, il ne restait que huit survivants, la plupart gravement blessés. Ils ne tiendraient pas longtemps. Brandella décocha une nouvelle flèche… Sa réserve touchait à sa fin.

Depuis la rue, une voix la héla.

— Ma chérie ! Tu es encore là ! s'écria Kishpa, le visage tordu par l'angoisse. J'espérais que tu étais partie avec le navire…

— Ne t'occupe pas de moi ! dit la jeune femme, se penchant à son balcon. Va plutôt sauver ceux qui se battent sur la barricade sud.

Le mage secoua la tête.

— Impossible. Le sort de tempête m'a épuisé ; je ne pourrais pas en lancer d'autre avant demain matin. Mertwig dit que...

— Peu importe, le coupa Brandella. As-tu vu ce qu'ils ont fait, comme ils se sont battus vaillamment ?

— Je sais. Mais toi, tu aurais dû...

— Je t'en prie, Kishpa, arrête. Dis-moi que tu vas aider les nôtres !

Se détournant, elle recommença à tirer sur les assaillants.

— Je le ferai, répondit enfin Kishpa, l'air grave. Je le ferai parce que tu me le demandes.

Brandella baissa la tête vers lui, effrayée par le ton de sa voix.

— Non, attends ! Ne te sacrifie pas ! Je ne voulais pas...

Trop tard. Kishpa était déjà entré en transe et murmurait les mots sacrés d'un enchantement depuis longtemps oublié. Le rouge de ses vêtements ressortait comme une mare de sang sur les pavés gris.

Il s'effondra.

CHAPITRE X

L'ENCHANTEMENT

L'épée incrustée d'argent n'était plus qu'un fardeau. Epuisé, Tanis arrivait à peine à la soulever. Le crépuscule approchait — après quatre heures de combat acharné, le demi-elfe se prépara à repousser une nouvelle vague d'assaillants.

Huit défenseurs blessés pour tenir le choc contre cinquante soldats humains encore frais... Tanis jeta un coup d'œil par-dessus son épaule et fut surpris de constater que personne ne leur venait en aide. Les elfes s'étaient lancés aux trousses des humains qui avaient pénétré dans le village. De petites escarmouches éclataient à tous les coins de rue. Les défenseurs ne se rendaient pas compte du sort qui les attendait si Tanis et ses fidèles succombaient sous le nombre...

Le demi-elfe titubait de fatigue ; seule la volonté le gardait encore debout. Vingt-quatre heures plus tôt, il avait échappé à l'incendie avec Clotnik... ou cet événement ne se produirait-il que dans des dizaines d'années ?

Scowarr se tenait à côté de lui, ses bandages tachés de sang. Il n'avait tué personne, mais sa présence expliquait que le groupe de défenseurs ne se soit pas encore fait massacrer. Ses cris de terreur s'étaient tus, sans doute parce qu'il n'avait plus de voix... Il avait depuis longtemps dépassé le stade de la peur.

Peu importaient la douleur et la fatigue, le comique n'y tenait plus. Il fallait qu'il le dise, et tant pis s'il avait l'impression d'avoir des charbons ardents dans la gorge...

— Je crois que j'aurais dû devenir Chevalier Solamnique.

Tanis lui consentit un coup d'œil et ne put s'empêcher de sourire en songeant à son ami Sturm de Lumlane.

— Tu te rends compte, croassa Scowarr, tous ces combats, et je suis encore vivant ! Je n'ai même pas une égratignure ! Ils s'enfuient en me voyant arriver ! Tu imagines ! Non, tu n'en as pas besoin : tu l'as vu de tes propres yeux. Ils ont peur de moi et de mon épée. Ha ha ha !

Des touffes de cheveux bruns pointaient entre ses bandages. Il brandit son arme d'un air féroce.

— Qu'ils viennent ! Qu'ils goûtent l'acier de la lame de Scowarr Petites-Epaules. Je n'ai plus peur d'eux ! Je n'ai plus peur de personne !

Tanis eut envie d'embrasser cet humain prêt à mourir avec la dignité d'un géant. Si quiconque osait lui dire la vérité, le demi-elfe le tuerait. L'illusion de Scowarr était une bénédiction des dieux. Tanis espéra que lorsque son tour viendrait, il saurait partir avec autant de fierté.

Une nouvelle vague de combattants se lança à l'assaut des barricades en poussant des cris de guerre.

— Vous allez périr sous mes coups ! rugit Scowarr d'une voix enrouée. Vous avez l'avantage du nombre... eh bien, je ferai plus de victimes ! Venez à moi !

Peu enclins à défier un guerrier en proie à la démence, les humains le contournèrent pour s'attaquer à ses compagnons. Tanis tenait un bouclier prélevé sur un cadavre. Il le jeta à la tête d'un soldat, se sachant trop faible pour manier son épée d'un seul bras.

Puis il empoigna son arme à deux mains et se prépara à livrer son dernier combat.

Naissant au bout de ses doigts, un étrange picotement remonta le long de ses avant-bras. Une aura rouge entoura sa lame, devenue soudain légère. Etait-il lui aussi victime d'une illusion ? Si oui, il était bien décidé à en profiter.

Il ramena son arme devant lui, puis, avec la rapidité d'un lanceur de couteau, lui fit décrire un arc qui trancha net la main de son adversaire.

Un autre humain tentait de le prendre à revers. Vif comme la foudre, le demi-elfe pivota et bloqua son attaque. Moins d'une seconde plus tard, le soldat gisait sur les barricades, le ventre ouvert.

A sa droite, Tanis entendit Scowarr hurler :

— Vous avez peur de moi, pas vrai ? Très bien ! Puisque vous ne venez pas, je vais aller vous chercher !

Non ! songea le demi-elfe.

Le jeune humain brandit son épée et fit exactement ce que Tanis redoutait : il sauta à pieds joints dans les rangs ennemis.

Le demi-elfe ne pouvait pas laisser périr son compagnon devant ses yeux. C'était un suicide, mais s'il devait mourir, ce serait avec panache...

— Amenez-moi de nouvelles victimes ! rugit-il en imitant la folie guerrière de Scowarr. (Crachant des insultes, il sauta à terre.) Qui a envie de me combattre ? Qui veut mourir ?

Il abattit un soldat qui allait flanquer un coup de hache sur la tête de Scowarr, puis un autre qui voulait l'embrocher avec sa lance. Se croyant immortel, son compagnon continuait à agiter son épée en braillant.

Leur chance ne durerait pas, Tanis le savait. Il avait retrouvé sa vigueur ; son arme volait en tous sens, tranchant têtes et bras sur son passage... Mais les humains étaient trop nombreux. Le cercle qu'ils formaient autour de lui se resserrait sans cesse.

Alors des cris sauvages retentirent sur les barricades. Les hommes rompirent les rangs et détalèrent à toutes jambes.

— Que... ? balbutia Tanis en les regardant s'enfuir.

Le coup d'éclat de Scowarr les avait sauvés. D'abord éberlués, les autres défenseurs s'étaient sentis investis d'un courage divin. Voyant les deux compagnons charger, ils avaient oublié leurs craintes et s'étaient jetés dans la mêlée.

Et les humains en avaient eu assez. Affronter huit créatures possédées était au-dessus de leurs forces.

Mieux valait battre en retraite...

— Revenez, espèces de lâches ! hurla Scowarr en se lançant à leur poursuite.

Tanis le rattrapa et le saisit par le col.

— C'est fini. Tu peux te reposer maintenant.

Par les fentes de ses bandages, le jeune homme lui jeta un regard incrédule. Ses yeux roulèrent dans leurs orbites, et il s'évanouit.

*
* *

Les torches brûlèrent toute la nuit. Il fallait retrouver les soldats humains cachés à l'intérieur du village, et préparer de nouvelles défenses au cas — très probable — où l'armée attaquerait de nouveau le lendemain.

Tanis abandonna Scowarr aux mains de ses compagnons. Ceux-ci se pressèrent autour du héros du jour, impatients de découvrir son visage. Le demi-elfe se posta à l'écart pour observer leur réaction.

Le dernier bandage tomba.

— Un humain ! s'écria un des défenseurs.

— Quoi ? Un humain ? s'exclamèrent les autres.

Ils examinèrent fébrilement le visage aux oreilles rondes. Scowarr cligna des yeux, leur sourit et s'éclaircit la gorge.

— Eh, vous connaissez celle du prêtre, du mage et de l'étameur ?

Tanis se figea, espérant qu'il n'aurait pas à défendre

son ami contre ceux qu'il avait sauvés. Un long silence s'installa. Les elfes échangèrent des regards incrédules. Puis l'un d'eux se mit à glousser.

— Un humain ! Que je sois changé en slig !

Et il flanqua une grande claque dans le dos de Scowarr.

Bientôt, tous riaient. Tanis s'éloigna sur la pointe des pieds. Il était temps de se mettre en quête de Brandella... ou d'une piste qui le conduirait à son père.

— Connaissez-vous une femme nommée Brandella ? demanda-t-il à un villageois.

— Oui.

— Et où puis-je la trouver ?

— Avec Kishpa, évidemment.

— Où est-il ?

Mais ça, personne ne put le lui dire. On n'avait pas revu le mage depuis le milieu de l'après-midi. C'était comme s'il s'était brusquement évanoui. Plusieurs groupes d'elfes étaient partis à sa recherche ; privés des pouvoirs de Kishpa, ils ne tiendraient pas longtemps contre l'armée ennemie.

Tanis se souvint de ce que lui avait dit Clotnik : Brandella était tisseuse. Il décida d'employer une nouvelle tactique.

— Où se trouve l'atelier de Brandella ? demanda-t-il à un forgeron.

— Chez elle, répondit l'elfe en aiguisant une épée. Ma femme adore ses foulards ; elle en porte tout le temps. Ça me coûte une fortune, mais si ça peut la rendre heureuse...

— Où puis-je la trouver ? s'enquit Tanis, essayant de dissimuler son impatience.

— Qui, Brandella ? Vous voyez cette enseigne ? Elle vit au deuxième étage. Ma femme...

— Merci, coupa le demi-elfe.

Il se précipita vers le bâtiment indiqué et leva la tête vers les fenêtres. Aucune lumière ne filtrait par les carreaux. Il monta les marches quatre à quatre et toqua à la porte.

Personne ne vint lui ouvrir.

Après s'être assuré que le couloir était vide, il donna un coup d'épaule dans le battant, qui céda en craquant.

Tanis pénétra dans la pièce, alluma une bougie. Dans un coin se trouvait un métier à tisser entouré de paniers contenant des fils de couleurs vives. Au fond, un lit aux draps défaits exhalait un parfum de fleurs et d'épices. Et les murs...

Les murs étaient couverts d'une gigantesque fresque, dont les motifs débordaient sur le plafond. Même dans la maigre lumière de la chandelle, les images vivaient. Impossible d'en déterminer le début ou la fin : l'histoire que narraient les scènes colorées n'avait pas de sens.

On y voyait Kishpa, son génie transparaissant dans ses traits parfaits et ses yeux bleus étincelants. Des enfants jouaient, surveillés par une fillette aux cheveux noirs qu'on apercevait de dos. Des danseurs elfes vêtus de parures exquises bondissaient au son d'une musique silencieuse. Les villageois fêtaient des retrouvailles, une scène d'allégresse telle qu'on aurait pu contempler depuis un balcon…

Les images respiraient la joie — sauf une. Près du plafond, au-dessus du lit, un homme emportait une femme aux boucles noires dont le visage était dissimulé par l'épaule de son ravisseur. La tenant dans ses bras, l'inconnu courait vers une lointaine lumière.

Tanis leva la bougie pour mieux voir. Le peintre avait pris soin de dissimuler les traits du sujet féminin. Se haussant sur la pointe des pieds, le demi-elfe remarqua quelque chose d'étrange et lâcha sa chandelle, qui tomba dans un panier de pelotes posé sur le lit. Etouffant les flammèches, il se pencha pour la récupérer. Alors il sentit une feuille de papier légèrement brûlée sous ses doigts, la ramassa et lut :

Ma bien-aimée,

Je te supplie de m'écouter et de ne penser qu'à ta sécurité. Une maison est seulement un endroit où vivre ; elle ne mérite pas que tu risques ta vie pour elle. Je sais ce que tu crois : tu penses que mes paroles sont hypocrites puisque je reste pour me battre. Mais je le fais parce que c'est mon devoir, parce que mes ancêtres auraient honte de moi si je partais en abandonnant les miens. Je n'ai nul désir de violence ; aucune fierté mal placée n'habite mon cœur.

Je ne souhaite qu'une chose : être avec toi. Ton image ne me quitte pas. Brandella, ta vie d'humaine est trop courte pour que tu la joues ici... Va au Qualinesti. Les nôtres te connaissent ; tu seras en sûreté parmi eux.

Sauve-toi pour que notre amour vive... J'irai te retrouver dès la fin des combats.

Reehsha le pêcheur m'a promis de t'emmener à bord d'un navire en partance pour le Qualinesti. Tu peux lui faire entièrement confiance... Ne tarde pas. Et sache que je t'aimerai toujours.

Kishpa

— Reehsha, murmura Tanis.

Il allait se précipiter vers la porte lorsqu'il se souvint que quelque chose avait attiré son attention au point de lui faire lâcher sa bougie. Il la leva pour jeter un dernier coup d'œil, et vit les traits de l'homme qui emportait la femme aux cheveux noirs vers la lumière...

Non.

Son visage était trop parfait, trop séduisant. Ce n'était qu'une vague ressemblance. Rien de plus.

CHAPITRE XI

UN CRI DANS LA NUIT

— Reehsha ? Oui, tout le monde connaît le vieux Reehsha, dit l'elfe râblé qui tirait sa barque sur le rivage. Mais depuis quelque temps, il ne parle à personne. Il n'a même pas voulu aider au transport des femmes et des enfants. D'ailleurs, il a eu raison. Si j'avais su, j'aurais fait comme lui.

— Comment ça ? demanda Tanis. Il fallait pourtant mettre les vôtres à l'abri…

— C'est vrai, répondit le pêcheur, dont le visage bronzé était creusé d'un entrelacs de fines rides. Mais les vagues sont traîtresses en cette saison. Il y avait trop de bateaux dans la baie, et ils se sont rentrés dedans. C'est comme ça que j'ai récolté ce trou dans ma proue… Quatre femmes et six enfants se sont noyés. Tant qu'à faire, ils auraient été mieux au village, à défendre leurs maisons. Oui…, le vieux Reehsha est un sage.

— J'aimerais le rencontrer. Où puis-je le trouver ? s'enquit le demi-elfe.

Son interlocuteur ricana, dévoilant deux rangées de dents d'une blancheur éblouissante.

— Vous aimeriez le rencontrer ? Je doute que la réciproque soit vraie. Reehsha déteste les visiteurs.

— Je verrai bien s'il accepte de me recevoir…

— Comme vous voudrez, dit le pêcheur en haussant les épaules. Il habite au bout de la jetée… (Il désigna l'ouest du village.) Un peu plus haut, dans une vieille bicoque qui prend l'air de partout. Il n'y aura peut-être pas de lumière, mais je peux vous assurer qu'il y est.

*
* *

Le bord de mer était frais et paisible et l'écume des vagues teintée de rose par la lueur de Lunitari. Tanis inspira l'air iodé à pleins poumons. L'odeur piquante l'aidait à oublier sa fatigue.

En passant devant un vieux ponton de bois, il s'immobilisa. Il avait cru entendre quelque chose, comme un cri dans la nuit. Sur sa droite, une dizaine de mouettes prirent leur envol, et il se détendit. Ce n'étaient que des oiseaux.

Il se remit en route, cherchant ce qu'il pourrait bien dire s'il découvrait Brandella en compagnie du mage. « Le village entier vous cherche, Kishpa. Dépêchez-vous ; ils vous attendent pour préparer la défense. »

Le mage parti, je raconterai tout à Brandella, et...

… Et elle me prendra sûrement pour un fou, conclut Tanis, lugubre.

Il donna un coup de pied dans le sable comme un enfant furieux, et s'immobilisa. Encore ce bruit. Tendant l'oreille, il pivota vers le ponton. On aurait vraiment dit un cri étouffé.

Etait-ce une lumière rouge qu'il apercevait au niveau de la mer ?

A moins que sa vision elfique n'ait repéré l'essence vitale d'un être…

Son cœur se remit à battre plus vite. Les mouettes ne s'étaient pas envolées par hasard ; elles avaient pris peur en entendant un cri.

Tanis se précipita aussi vite que le lui permettaient

ses jambes épuisées. Approchant du ponton, il crut distinguer dessous une silhouette massive.

Dans les ténèbres, un homme robuste était accroupi près d'une femme terrifiée. D'une main, il tenait un long couteau, de l'autre, un bouclier ouvragé. Voyant Tanis approcher, il enfonça son genou dans la poitrine de sa prisonnière pour l'empêcher de crier.

L'homme avait tué douze elfes sur les barricades. Persuadé que le reste des troupes suivrait, il s'était enfoncé dans le village pour se retrouver à peu près seul. Se déplaçant dans l'ombre, il avait encore abattu sept ennemis. Mais les patrouilles s'étaient faites pressantes, et il avait décidé de prendre un otage pour les maintenir à distance jusqu'au retour de ses compagnons.

La providence lui en avait rapidement fourni un.

La femme marchait seule sur la plage. Il n'avait pas eu de mal à la maîtriser et à l'entraîner sous la jetée.

Tanis ralentit en atteignant le ponton. Il n'avait pas peur, mais mieux valait se montrer prudent. Inutile de se jeter tête baissée dans un piège…

— Il y a quelqu'un ? Tout va bien ?

Pas de réponse.

Pourtant, il était certain d'avoir entendu crier.

Se laissant tomber sur le sable, il s'accroupit pour dissimuler ses mouvements à un ennemi éventuel. Puis il tendit l'oreille. Seul le bruit des vagues mourant sur le rivage troublait le silence de la nuit. Il plissa les yeux : aucun mouvement dans l'ombre.

Sous la jetée, le soldat sursauta. L'elfe fouineur semblait avoir disparu. Ce devait être un bon guerrier… Le combat à venir n'en serait que meilleur, pensa-t-il avec un sourire.

Tanis progressait dans l'obscurité. L'homme ne bougeait pas.

Le premier qui se montrerait était un guerrier mort.

Soudain, le demi-elfe s'immobilisa. C'était idiot. Que faisait-il là ? Il prenait des risques pour rien.

Quoi qu'il fasse, il ne changerait rien à ce qui était *déjà* arrivé…

Il allait se relever et partir lorsqu'il entendit un souffle sur sa droite, à un ou deux pas à peine. Son ennemi venait de se trahir.

D'un mouvement fluide, il tira son épée et frappa.

CHAPITRE XII

LA CONFRONTATION

Sortie de son fourreau, la lame brilla et Tanis comprit sa terrible erreur. Mais il était trop tard pour retenir son coup. Il se jeta sur la gauche en espérant qu'il manquerait sa cible.

L'épée siffla dans l'air humide et s'enfonça à quelques pouces de la tête d'une naine pétrifiée de terreur.

En entendant son ennemi dégainer, l'humain avait plongé, le couteau à la main. Mais il ne s'attendait pas à ce que Tanis change brutalement de trajectoire.

Comme son adversaire trébuchait, le demi-elfe encaissa un coup à l'épaule. Il se releva, épée brandie au-dessus de la tête, et fit face à l'inconnu. Le ponton vermoulu n'était qu'à quelques dizaines de pouces de leurs crânes.

Son regard croisa celui du soldat humain. Celui-ci vit un demi-elfe impressionnant au physique… mais, peu sûr de lui. Une proie facile.

Tanis crut voir son reflet.

Ils avaient les mêmes yeux, la même bouche, la même forme de visage. L'homme avait le nez cassé et les longs cheveux noirs décrits par Clotnik. La seule chose manquant à la description était la cicatrice à la cuisse.

Il se trouvait face à celui qu'il avait toujours voulu rencontrer et il ne savait plus quoi faire.

Peut-être lui montrer qu'il ne lui voulait pas de mal ?

Le demi-elfe baissa son arme, espérant que son père serait frappé par leur ressemblance et qu'il en ferait autant.

Couteau en avant, l'homme plongea vers la poitrine de Tanis.

D'instinct, ce dernier leva son épée pour bloquer la lame. Les armes s'entrechoquèrent, et Tanis se retrouva nez à nez avec celui qui l'avait engendré.

— Regarde-moi ! hurla-t-il, à bout de nerfs. Ne vois-tu rien ? Je suis...

— ... Le prochain sur mon tableau de chasse ? suggéra l'humain.

D'un crochet du pied, il lui faucha la jambe ; le demi-elfe roula à terre et se reçut sur le dos. Sa tête heurta le sol avec un choc étourdissant. L'humain avait l'avantage ; il en profita. Bondissant au-dessus de Tanis, il leva son bouclier…

Il était plus grand, plus lourd et plus fort que son adversaire. Mais le demi-elfe avait appris à se défendre en compagnie d'experts : Kitiara, Sturm et Flint lui avaient enseigné des manœuvres inconnues des soldats ordinaires. Au moment où le couteau de l'homme plongeait vers son estomac, Tanis effectua une roulade qui surprit son assaillant.

Ils se relevèrent, se jaugeant du regard. Le demi-elfe était plus rapide. Face à un autre ennemi, il n'aurait pas fait de quartier. Mais cet homme était son père… Cesserait-il d'exister s'il le tuait, ou était-il protégé par son statut de visiteur dans la mémoire de Kishpa ?

Il l'ignorait. Et était-il moral de laisser vivre un homme qui allait violer sa mère ? A moins que cet événement n'ait déjà eu lieu...

Tanis prit sa décision et, d'un mouvement vif, tailla une profonde blessure dans la cuisse de l'homme. Celui-ci hurla et recula en titubant.

— Rends-toi ! offrit le demi-elfe. Je te jure que je ne te ferai pas de mal.

Mais l'humain ignora la proposition. Cet adversaire imprévisible était trop dangereux ; il voulait s'en débarrasser. Laissant tomber son bouclier, il se pencha vers la femme inconsciente et lui posa sa lame sur le cou.

— Lâche ton épée ou je lui tranche la gorge, dit-il froidement.

Tanis le regarda, les yeux écarquillés.

— Tu ne tuerais pas une femme sans défense ?

Le soldat éclata d'un rire amer.

— On parie ?

Son regard d'animal acculé disait clairement qu'il ne bluffait pas.

La femme s'agita puis ouvrit les yeux. Tanis laissa échapper un hoquet de surprise. C'était Yeblidod, la naine qui avait tenté de lui sauver la vie sur la falaise.

Il baissa son arme.

— Tu n'es pas trop mauvais pour un demi-elfe, ricana l'humain.

— Toi, tu m'as déçu. Je te croyais meilleur, murmura Tanis. J'aurais pourtant dû m'en douter, après ce que tu as fait à ma mère.

Peut-être ses parents ne s'étaient-ils pas encore rencontrés. Peut-être ce brigand n'avait-il pas encore détruit la vie de la jeune elfe. Tanis réalisa qu'il se moquait des conséquences de ses actes. Si tuer cet être répugnant signifiait qu'il ne naîtrait jamais, tant pis. Les souffrances épargnées à sa mère valaient ce sacrifice.

L'homme reculait, entraînant Yeblidod, quand il entendit des pêcheurs approcher sur la plage. Il se dissimula derrière un pilier du ponton.

Tanis profita de cet instant de distraction pour charger… Le voyant arriver, Yeblidod mordit la main qui tenait le couteau. L'humain poussa un cri de rage, desserra son étreinte… La naine tomba sur le sol. Tanis bondit sur son père.

Un coup de tête… Surpris, l'homme lâcha son couteau. Mais il se reprit et abattit ses deux poings noués sur la nuque de Tanis. Le demi-elfe recula en titubant.

Renonçant à chercher son arme dans l'obscurité, l'humain s'enfuit à toutes jambes. Tanis allait se lancer à sa poursuite quand Yeblidod gémit.

Jurant entre ses dents, le demi-elfe regarda son père disparaître dans la nuit.

CHAPITRE XIII

BRANDELLA

Yeblidod souffrait d'une blessure à la tempe. Du sang coulait le long de sa joue, dégoulinant de son menton. Sa gorge était couverte d'ecchymoses. Elle avait du mal à respirer.

Lisant tant de souffrance dans ses yeux, Tanis ne put s'empêcher de penser à sa mère. Cela avait dû être encore pire. Le demi-elfe sentit son estomac se serrer ; une boule se forma dans sa gorge. Son père était un animal, et il lui devait la moitié du sang qui coulait dans ses veines.

Il avait eu l'occasion de débarrasser le monde de ce monstre, et il ne l'avait pas saisie…

Réprimant une furieuse envie de se mettre à hurler, il se pencha pour prendre Yeblidod dans ses bras.

— Je vais vous emmener en sûreté, dit-il en luttant contre ses larmes. Puis je tuerai l'homme qui vous a fait ça. Je le jure sur la tête de ma mère.

Yeblidod hocha la tête et ferma les yeux. Dans ses bras, elle ne pesait pas plus lourd qu'une enfant.

Tanis courut vers le refuge le plus proche, la cabane de Reehsha. Il n'y avait pas de lumière, ce qui ne l'empêcha pas de flanquer des coups de pied dans la porte.

— Allez-vous-en ! cria une voix furieuse.

— Ouvrez ! hurla Tanis avec une autorité qu'il ne se connaissait pas. Je porte une blessée. Elle a besoin d'aide. Ouvrez immédiatement !

La porte s'entrebâilla. La défonçant d'un coup d'épaule, le demi-elfe pénétra dans la cabane obscure.

— Allumez une bougie !

Quelques instants plus tard, une chaude lueur illuminait la pièce. Tanis chercha du regard un endroit où allonger Yeblidod. Ses yeux se posèrent sur une paillasse, mais celle-ci était déjà occupée.

Par Kishpa.

Le mage avait les yeux fermés. Sa tunique écarlate soulignait la fragilité de sa silhouette ; sa poitrine se soulevait et s'abaissait laborieusement.

— Otez-le de là ! dit Tanis en faisant face au propriétaire de la cabane, un vieil elfe aux bras noueux.

— Non, répondit le vieillard. Il est malade. Je ne peux pas le déplacer.

— Si vous ne le faites pas, je le jetterai hors de ce lit à coups de pied, menaça le demi-elfe.

— Vous ne comprenez pas, protesta Reehsha. C'est...

— Kishpa, je sais. Et je sais aussi qu'il va s'en remettre. Il vivra jusqu'à un âge avancé, ne vous inquiétez pas pour lui. Cette femme a besoin de soins. Tout de suite.

Reehsha s'approcha pour mieux voir la blessée.

— C'est Yeblidod ! s'exclama-t-il, consterné. Que lui est-il arrivé ?

Tanis huma l'odeur de poisson de son hôte.

— Je vous expliquerai plus tard. Pour le moment, faites-lui de la place dans votre lit.

Reehsha fit glisser le corps inerte de Kishpa sur une peau de bête.

— Apportez-moi de l'eau chaude et des bandages, ordonna Tanis. Et une couverture, si vous en avez.

Il pansait les plaies de Yeblidod lorsqu'une voix féminine enrouée retentit sur le seuil de la cabane :

— Que s'est-il passé ? Qui est blessé ?

Tanis fit volte-face et sentit son cœur bondir dans sa poitrine. Jamais encore il n'avait vu de femme comme celle-là : une peau si pâle, des cheveux si noirs, un visage si délicat. Assorti à sa jupe couleur de feuilles tendres et à ses chaussures de cuir fatiguées, un fin corsage moulait sa poitrine.

Il se trouvait en présence de Brandella, dont la beauté était époustouflante. Mais c'était sa ressemblance avec Kitiara qui le laissait sans voix. Les cheveux de Brandella tombaient jusqu'à la taille tandis que ceux de Kit étaient coupés court… Cependant leurs yeux étaient des diamants jumeaux.

Brandella était une version plus douce et féminine de Kitiara.

Réalisant qu'il dévisageait la jeune femme, Tanis s'obligea à baisser les yeux vers celui qui l'accompagnait. C'était Mertwig, le nain qu'il avait aperçu un peu plus tôt sur les barricades. Reconnaissant la silhouette allongée sur la paillasse, il se précipita vers elle en criant :

— Yebbie ! Yebbie !

La naine ouvrit les yeux et fit un faible sourire à son mari, qui fondit en larmes.

— Tout va bien, dit-elle en un murmure qui se voulait rassurant. Un peu de repos, un bon bol de soupe et il n'y paraîtra plus.

— Que s'est-il passé ? Qui t'a fait ça ? demanda Mertwig en s'essuyant les yeux d'un revers de la manche.

— Un humain. Mais Tanis l'a attaqué et il s'est enfui, répondit Yeblidod en désignant son sauveur d'un mouvement du menton.

Mertwig se tourna vers le demi-elfe et hocha la tête, incapable d'exprimer sa gratitude par des mots.

Tanis comprit. Son ami Flint agissait de même.

S'approchant de Yeblidod, Brandella s'assit sur un tabouret, à côté de la paillasse.

— Où est Canpho ? lui demanda Reehsha.

— Je n'ai pas réussi à le trouver. Il y a tant de blessés et de mourants au village...

— Il serait venu pour Kishpa, insista le vieil elfe. Il suffisait de demander qu'on le cherche et qu'on l'envoie ici.

— Je ne pouvais pas prendre ce risque, dit Brandella. Si les villageois apprenaient que Kishpa est malade, ce serait la panique. Ils s'inquiètent déjà trop de sa disparition. Par bonheur, ils ont trouvé quelqu'un pour les distraire.

— Quelqu'un ? Qui ça ? demanda Tanis en fronçant les sourcils.

— Un petit homme bizarre qu'ils prennent pour un héros, expliqua la jeune femme sans lever les yeux. (Elle tamponna le front de Yeblidod et reprit :) Nous devrons porter seuls le poids de nos angoisses... Et moi, celui de ma culpabilité, ajouta-t-elle, les yeux remplis de larmes. C'est par ma faute que Kishpa est dans cet état.

— Comment ? gronda Reehsha d'une voix menaçante.

— Je lui en ai trop demandé. Les humains allaient enfoncer les barricades, au sud du village. Il ne restait plus qu'une poignée de défenseurs, et j'ai supplié Kishpa d'utiliser sa magie pour les sauver. Il m'a dit qu'il ne pouvait pas, que c'était trop tôt, mais j'ai insisté...

La jeune femme prit une longue inspiration. De ses mains tremblantes, elle tira la couverture sous le menton de Yeblidod.

— Il a lancé un sort. Je ne sais pas lequel, ni si ça a marché, mais il s'est évanoui tout de suite après et il n'a pas repris connaissance depuis.

Une larme roula sur sa joue.

— Il t'avait prévenue ! rugit Reehsha. S'il meurt, ce sera à cause de toi ! Tu ne lui survivras pas longtemps, j'en fais le serment ! Je te jetterai en pâture aux poissons !

Le pêcheur entreprit de faire les cent pas en vociférant, comme s'il avait oublié la présence des malades.

— Assez ! lui intima Tanis.

Il dégaina son épée, dont la lueur se répandit dans la pièce.

Il comprenait maintenant d'où venait le pouvoir de sa lame. Kishpa l'avait enchantée pour lui sauver la vie — et celle de ses concitoyens.

— Je vous ai déjà dit que Kishpa s'en sortirait. Alors taisez-vous et laissez-le se reposer.

— Un mage-guerrier ! s'exclama Reehsha, stupéfait. Je n'en avais encore jamais vu !

— Je ne suis pas un jeteur de sorts, rectifia Tanis d'une voix neutre. Juste un ami de Kishpa et le serviteur de sa dame.

— Vous mentez ! cracha le vieil elfe. Vous possédez une épée magique et vous prédisez l'avenir. Vous êtes forcément un mage.

Avant que Tanis puisse répondre, Brandella lui saisit la main.

— C'est vrai ? supplia-t-elle, les yeux remplis d'espoir. Vous êtes sûr que Kishpa s'en remettra ?

Le demi-elfe savait qu'il aurait du mal à lui expliquer pourquoi. Mais la jeune femme avait tant besoin de réconfort...

— Oui, dit-il en hochant la tête.

Brandella laissa échapper un sanglot. Puis elle dévisagea Tanis, une lueur de reconnaissance passant dans ses yeux.

— Je... je ne sais pas quand il reviendra à lui, précisa le demi-elfe, embarrassé par sa réaction, ni s'il sera en mesure de vous aider pour la suite des combats. Je peux simplement dire qu'il vivra très vieux.

— C'est bien ce qui me semblait : vous êtes un mage ! s'écria Reehsha. Vous pourriez nous aider.

— Et Yeblidod ? demanda Mertwig, plein d'espoir.

— Elle se remettra aussi, affirma Tanis.

Il n'en savait rien, mais pourquoi laisser le pauvre nain se tourmenter ?

Brandella sécha ses larmes et regarda le demi-elfe avec curiosité.

— Qui êtes-vous ? demanda-t-elle d'une voix calme. Vous n'habitez pas au village, mais vous connaissez Kishpa. Vous dites que vous êtes son ami et mon protecteur. Pourquoi ? Et si vous n'êtes pas un mage, ainsi que vous l'affirmez, comment se fait-il que vous possédiez une arme enchantée ?

— Bonnes questions, Brandella, murmura Tanis, plongeant son regard dans celui de la jeune femme.

Malgré le chagrin et l'inquiétude de celle-ci, il vit l'âme d'airain qui se cachait sous ses traits pâles.

— Vous connaissez mon nom ? Expliquez-moi par quel prodige ?

Tanis hésita. Que pouvait-il lui raconter ? Il ne savait ni quand ni comment il pourrait revenir dans son monde. Et la jeune femme se moquerait de lui — ou elle raconterait tout à son amant…

— Je viens de très loin, commença-t-il lentement. Je ne possède pas d'autre magie que celle que m'a donnée Kishpa. C'est lui qui m'a amené ici. C'est lui qui a enchanté mon épée...

Mais Brandella ne l'écoutait pas. Les yeux rivés sur son visage, elle ne songeait qu'à une chose. C'était l'homme de son rêve…

CHAPITRE XIV

ENFIN, UN HÉROS

Scowarr se tenait debout sur une table, entouré par une foule de visages joyeux. Il passa une main dans ses cheveux bruns — dont la coupe semblait beaucoup amuser ses auditeurs — et enchaîna sur une nouvelle blague :

— Une fois, j'ai demandé à un vieil elfe : « A quoi attribuez-vous votre grand âge ? » et il m'a répondu : « Au fait d'être né il y a très longtemps ! »

Les villageois éclatèrent de rire. Scowarr baissa modestement les yeux, en profitant pour admirer les nouveaux vêtements dont ses hôtes lui avaient fait cadeau : un pantalon et une tunique, tous deux verts qui remplaçaient avantageusement les haillons qu'il portait lors de son arrivée.

Après une journée sanglante, histoires drôles et jeux de mots permettaient aux villageois d'oublier leurs morts et les combats encore à venir.

— En parlant de temps, poursuivit Scowarr, savez-vous quel est le seul avantage de la pluie ? Il n'y a pas besoin de la pelleter.

Parlant sans interruption depuis près de deux heures, il avait épuisé presque tout son répertoire, sans compter quelques blagues improvisées sur le moment…

Et son succès était total.

C'est un miracle, songea-t-il. *Ou peut-être de la magie.* Le jeune sorcier, Kishpa, ne l'avait-il pas enchanté pour le rendre drôle ? A moins qu'il n'ait invoqué tout un village de rigolards... Pourtant les elfes n'étaient pas réputés pour leur sens de l'humour. Bien au contraire.

Peu importait. Scowarr décida de profiter de l'aubaine sans se poser de questions.

Il aurait continué son spectacle jusqu'à l'aube si un ancien n'avait pas fait irruption dans la salle des fêtes en hurlant :

— Dehors, tout le monde ! Il faut retrouver Kishpa !

Scowarr fronça les sourcils. De quel droit cet individu venait-il interrompre son triomphe ?

— Que se passe-t-il ? demanda-t-il. Vous avez un problème ?

— Des magiciens ! répondit le vieil elfe, haletant. Un de nos espions revient à l'instant du campement des humains. Il dit qu'ils ont fait venir des magiciens pour les aider demain ! Nous devons retrouver Kishpa !

— Je vais guider vos recherches ! s'écria le jeune humain, peu désireux de renoncer au premier rôle. Où a-t-on vu Kishpa pour la dernière fois ?

— Il paraît qu'il s'est changé en champ de scintillantes, dit un elfe assis au premier rang.

— Hum... Et pourquoi ça ? chuchota Scowarr, peu désireux de ternir son image de héros en avouant son ignorance.

— Vous ne savez pas ce que sont les scintillantes ? demanda le spectateur. (Le comique secoua la tête, penaud.) Ces fleurs ne s'ouvrent que la nuit... mais la lumière de la lune se reflète sur elles, aveuglant tous ceux qui se trouvent alentour.

— Moi, j'ai entendu dire qu'il s'était rendu invisible pour espionner l'ennemi, intervint une des rares femmes restées au village.

D'autres elfes voulurent s'en mêler ; il apparut bientôt que personne n'était sûr de rien.

— Nous perdons du temps, se plaignit l'ancien qui était venu les chercher. Ça ne ressemble pas à Kishpa de disparaître sans laisser de trace. Même Brandella est introuvable.

— Ah, non, protesta quelqu'un. Je l'ai vue il y a une heure près du ponton.

— Seule ? demanda l'ancien.

— Non. Mertwig l'accompagnait. Mais ils marchaient bizarrement, comme s'ils avaient voulu se cacher.

— Descendons sur la plage ! ordonna Scowarr sans réfléchir.

A sa grande surprise, les elfes lui obéirent.

*
* *

— Vous n'entendez rien ? demanda Mertwig.

— Il y a quelqu'un dehors, acquiesça Tanis en se dirigeant vers la fenêtre. (Il écarta le filet de pêche qui tenait lieu de rideau.) Une foule, si j'en juge par le nombre de torches.

— Que font-ils ? dit Brandella, le souffle court.

— On dirait qu'ils cherchent quelque chose du côté des bateaux.

— Ou quelqu'un, rétorqua la jeune femme en caressant les cheveux de Kishpa, toujours inconscient.

— Ils viennent vers nous, annonça le demi-elfe.

— Ils ne faut pas qu'ils sachent ! Ils perdraient espoir, s'affola Brandella. Ne les laissez pas entrer !

— Je crains que nous n'ayons pas le choix.

La jeune femme se leva et emprisonna la main de Tanis entre les siennes. Le demi-elfe sentit son visage devenir aussi rouge que son épée.

— Vous m'avez dit qu'il se remettrait. Vous m'avez dit qu'il vivrait. Pensez à tous ceux qui périront si les villageois paniquent...

Sa peau était aussi délicate que de la porcelaine. Tanis se mordit les lèvres. La jeune femme ne semblait pas consciente de l'effet qu'elle produisait sur lui.

— Ils ne peuvent pas fuir, poursuivit-elle d'une voix ardente. Les bateaux de pêche ne suffiront pas à les emmener tous. Ils se feront massacrer si nos défenses s'effondrent. Gagnez du temps, je vous en supplie ! Cachez-leur la vérité. S'ils se battent, ils ont une chance. S'ils baissent les bras, nous sommes condamnés... Vous êtes un guerrier. Vous savez que j'ai raison.

Son charme était irrésistible. Et il y avait plus... Brandella possédait la même énergie, le même tempérament passionné que Kitiara.

Contrairement à son amante, elle ne semblait pas motivée par une inextinguible soif de pouvoir...

— Je vais faire ce que je peux, promit-il, troublé.

— Vous êtes quelqu'un de bien, répondit simplement la jeune femme.

Assez bien pour vous ? eut-il envie de demander. Mais le courage lui manqua. Pourtant, il ne pouvait retirer sa main. Et, à moins que son imagination ne lui joue des tours, il lui sembla que Brandella prolongeait le contact quelques secondes de plus que nécessaire.

— Ils approchent, annonça Reehsha.

Tanis se dégagea, se dirigea vers la porte et ouvrit. Une main posée sur son épée, il fit face à la foule.

CHAPITRE XV

EN QUÊTE D'UN MAGE

— Regardez ! cria un elfe, lassé de piétiner le sable humide. Il y a de la lumière dans la cabane de Reehsha ! Allons demander au vieux s'il n'a pas vu Brandella et Mertwig !

Un murmure d'assentiment accueillit sa suggestion. Scowarr bondit devant la foule en hurlant :

— Nous ne connaîtrons pas de repos tant que nous n'aurons pas retrouvé Kishpa !

Il adorait son rôle de héros, mais il s'inquiétait sincèrement pour le mage. Celui-ci lui avait sauvé la vie sur la falaise. S'il avait besoin d'aide, le jeune humain était prêt à rembourser sa dette. Il commençait même à s'en croire capable...

Les elfes et leur nouveau chef se dirigèrent vers la cabane, la lueur de leurs torches dansant sur les flots sombres. En escaladant les rochers, Scowarr sentit des crampes mordre ses jambes, mais il serra les dents et se tut. Il était un héros, et les héros n'avaient pas mal aux cuisses.

*
* *

Tanis laissa la porte ouverte pour ne pas que les

villageois pensent qu'il voulait les empêcher d'entrer. Mieux valait faire croire qu'il n'avait rien à cacher.

Tandis que les elfes approchaient, il reconnut la silhouette qui marchait en tête du cortège et écarquilla les yeux.

— C'est toi, Petites-Epaules ?

— Non, c'est Huma de la Lance, dit son ami.

Des rires s'élevèrent dans la foule ; le demi-elfe resta impassible.

— Je reconnais ta franche bonne humeur, se moqua Scowarr. (Puis, plus sérieusement :) Je m'inquiétais pour toi. Je ne t'ai pas vu depuis la bataille ; je craignais qu'il ne te soit arrivé quelque chose.

— Eh bien, te voilà rassuré, dit Tanis. Puis-je savoir ce que vous faites ici au lieu de vous reposer pour prendre des forces ?

— Nous cherchons Kishpa.

— Si je le vois, je le lui dirai.

— Où est Reehsha ? demanda un elfe. Que faites-vous dans sa maison ?

— Une femme a été attaquée sous le ponton, expliqua Tanis. Par un soldat humain. Je l'ai amenée ici pour la soigner.

— D'accord, mais où se trouve Reehsha ? insista son interlocuteur.

— Je suis là, grogna le pêcheur depuis la fenêtre. Et maintenant, laissez-nous. La blessée a besoin de repos.

— Qui est-ce ? demandèrent plusieurs elfes.

Tanis posa une main sur l'épaule de Scowarr.

— Tu te souviens de la naine qui a essayé de nous aider sur la falaise ?

— Bien sûr. Tu veux dire que... Oh, non ! Pas elle !

Le demi-elfe hocha tristement la tête.

— Comment s'appelle-t-elle ? s'enquit l'ancien qui avait donné l'alerte.

— Yeblidod, répondit trop vite Tanis.

Quand il réalisa son erreur, il était trop tard.

— C'est la femme de Mertwig ! s'exclamèrent plusieurs elfes.

L'un d'eux, qui se tenait juste derrière Scowarr, s'écria :

— Il devait venir ici avec Brandella. Et si Brandella est là, Kishpa doit s'y trouver aussi !

Il tenta de bousculer Tanis.

— Vous ne pouvez pas entrer, gronda le demi-elfe en le retenant par le col.

— De quel droit m'en empêcheriez-vous ?

— Parce que je m'inquiète pour Yeblidod. Elle dort, et il ne faut pas la déranger.

— Je ne vous connais pas, protesta le villageois. C'est peut-être vous qui l'avez attaquée...

Avant qu'il puisse terminer sa phrase, Tanis avait laissé tomber son épée et le soulevait de terre, furieux. Il fallut six elfes pour l'obliger à le lâcher.

Voyant que la foule allait lyncher son compagnon, Scowarr s'interposa :

— Arrêtez ! C'est mon ami !

A contrecœur, les villageois obéirent à leur héros. Tanis jeta un regard incrédule au jeune humain, qui haussa les épaules.

— Que veux-tu que je te dise ? Ils m'aiment.

Tanis sourit.

— J'en suis heureux.

— Tu sais, la seule chose qu'on puisse trouver sans problème, c'est un tas de problèmes, déclara Scowarr sur un ton sentencieux.

Les elfes éclatèrent de rire ; Tanis se contenta de hocher la tête.

— Tu es le spectateur le plus difficile que j'aie jamais eu, soupira le comique.

— Et la volée de flèches, alors ?

— D'accord : les humains étaient pires.

Profitant que le jeune homme s'était approché, Tanis chuchota :

— Emmène-les loin d'ici.

Scowarr lui jeta un regard interrogateur. Mais le demi-elfe s'était toujours montré de bon conseil.

Il décida d'obtempérer.

— Venez, guerriers. Nous perdons notre temps ici. L'aube approche et les humains risquent d'en faire autant. Nous devons nous préparer à les combattre, avec ou sans Kishpa. Ne sommes-nous pas des braves ?

— Nous sommes des braves ! hurla la foule en chœur.

— Ne sommes-nous pas les plus forts ?

— Nous sommes les plus forts !

— Alors, fichons-leur une raclée dont ils se souviendront pour le restant de leurs jours, rugit Scowarr, l'air féroce. Tous aux barricades !

— Tous aux barricades !

Quelques « hourra ! » s'élevèrent dans la foule. Les elfes s'éloignèrent vers la plage pendant que le comique savourait l'effet de ses paroles.

— Tu t'en es bien sorti, le félicita Tanis. Mes remerciements.

Scowarr esquissa une courbette.

— Tout le plaisir était pour moi. Mais je voudrais quand même que tu m'expliques pourquoi tu ne voulais laisser entrer personne.

Le demi-elfe allait lui répondre lorsqu'une silhouette se découpa dans l'encadrement de la porte, bloquant la lumière. Scowarr plissa les yeux.

— Je suis content de vous avoir sauvé la vie, déclara Kishpa d'une voix faible. On dirait que j'ai fait le bon choix.

CHAPITRE XVI

POUR UNE PROMESSE

Une femme magnifique apparut à son côté, la lueur des chandelles projetant des ombres sur son visage. Scowarr fut enchanté d'avoir retrouvé Kishpa, mais la vue de Brandella le laissa sans voix, ou presque.

— Qui est-ce ? demanda-t-il tout bas à Tanis.

— Une femme qu'on n'oubliera pas de sitôt, répondit le demi-elfe.

— Hein ?

— Laisse tomber. (Puis, plus haut :) J'avais dit à Reehsha et à Brandella que vous vous en sortiriez.

— C'est ce qu'ils m'ont raconté, acquiesça le mage. En étiez-vous certain, ou essayiez-vous seulement de les rassurer ?

— Quelle importance, puisque j'avais raison ?

— Cela pourrait en avoir, répondit pensivement Kishpa. Mais nous en reparlerons plus tard. Pour le moment, vous devez me raconter ce qui s'est passé au village.

Des cris indignés montèrent de la plage. Les compagnons firent volte-face : des elfes avait délogé un soldat humain de sa cachette et ils s'étaient lancés à sa poursuite. Tanis plissa les yeux. Il était trop loin pour distinguer les traits du fugitif.

Mais l'homme semblait grand et fort. *C'est peut-être lui.*

C'est peut-être mon père.

Sans réfléchir, il s'élança sur le chemin qui menait au rivage. Brandella attendrait. Le vieux Kishpa attendrait. Il devait tenir la promesse faite à Yeblidod. Et à lui-même.

— Où vas-tu ? hurla Scowarr.

Il ne répondit pas.

*

* *

Reehsha était sorti s'occuper de son bateau. Scowarr dormait, roulé en boule sur le plancher de la cabane et Mertwig marchait en rond en réfléchissant. Il voulait demander de l'aide à Kishpa, mais il ne savait pas comment s'y prendre.

Sa femme avait envie d'une magnifique boule de verre créée par le célèbre Piklaker. Hélas, son prix dépassait les moyens du nain. Si Kishpa acceptait de se porter caution, l'artiste lui laisserait acquérir l'objet.

Mertwig était fier et il détestait demander des faveurs. Prenant son courage à deux mains, il lâcha :

— Depuis combien de temps me connais-tu, Kishpa ?

Assis sur un banc, le mage leva un sourcil.

— Depuis que je suis né, tu le sais. Pourquoi me poser cette question ?

— Parce que j'ai besoin que tu te portes garant pour moi, lâcha le nain d'un trait.

— Auprès de qui ?

— De Piklaker.

— J'ai entendu dire que tu convoitais une de ses œuvres. Tu ne devrais pas...

— Pas de sermons, s'il te plaît, l'interrompit Mertwig.

Son menton trembla.

— Ecoute… La « babiole » que tu veux acheter

vaut plus que ce que tu gagnes en une année, dit Kishpa.

— Et alors ? Je pourrai toujours la revendre en cas de besoin. Et puis, je ne te demande pas de me l'offrir : juste d'assurer Piklaker que je paierai. (Son visage prit une expression suppliante.) Si tu fais ça pour moi, il me laissera l'acheter.

— Je ne sais pas..., dit Kishpa. C'est une question d'honneur. Si je me porte garant pour toi et que tu ne peux pas payer, de quoi aurai-je l'air ? C'est ma réputation que tu me demandes de risquer. Je le ferais avec joie si tu avais besoin de nourriture ou d'un toit. Mais il s'agit d'une chose inutile…

Mertwig tapa du pied, énervé, puis jeta un coup d'œil coupable à sa femme pour voir s'il ne l'avait pas réveillée.

— Et ta collection de sorts ridicules ? tempêta-t-il à voix basse. Combien t'a-t-elle coûté ?

Kishpa était fatigué, et il n'avait aucune envie de poursuivre cette conversation. Sans le moindre tact, il lâcha :

— La différence, c'est que j'en avais les moyens.

Le nain eut du mal à contenir sa fureur.

— Ecoute, je veux faire un cadeau à Yebbie. Elle le mérite, surtout après ce qu'elle a enduré ce soir.

Kishpa hésita, tiraillé entre l'affection et la raison.

— Ecoute…

— Par les dieux, si je ne peux pas payer, c'est moi qui aurai l'air d'un imbécile ! Veux-tu oui ou non te porter garant ? Je ne vais pas me mettre à genoux, ajouta Mertwig d'une voix glaciale qui lui seyait assez mal.

Le mage poussa un soupir et tenta de négocier.

— Tu attaches trop d'importance à cet objet. Pas la peine de t'énerver. Si tu veux, je peux utiliser un sort pour te créer une...

— Non ! gronda Mertwig, les yeux lançant des éclairs. C'est cette boule-là que je veux acheter. Je la lui ai promise. Vas-tu m'aider, oui ou non ?

— Non.

*
* *

Tanis vit le soldat tourner au coin d'une rue, la foule sur ses talons, et il craignit de n'être pas le premier à l'atteindre.

— Il est entré dans l'étable ! cria une voix.

Plutôt que de suivre les villageois, le demi-elfe décida de faire le tour du bâtiment pour arrêter l'homme quand il sortirait par la porte de derrière. Mais il n'était pas le seul à avoir eu cette idée. Un petit groupe d'elfes se détacha de la foule et rejoignit le soldat avant lui. Trois d'entre eux portaient des armes, le quatrième une torche, qui jetait des ombres sur les visages déterminés de ses camarades.

Les traits de l'humain étaient plongés dans les ténèbres. Tanis entendit la respiration des combattants, le crépitement de la torche. Il bondit vers la mêlée…

Le quatrième elfe fut le premier à périr, embroché par l'épée du soldat. Sa torche tomba dans une mare de sang et mourut en même temps que lui.

D'un revers, l'humain entailla le flanc d'un autre elfe qui poussa un cri, lâcha son arme et s'effondra comme une masse. Les survivants hésitèrent. Le soldat en profita pour blesser le premier à la jambe, puis s'apprêta à abattre son épée sur le second. La foule se rapprochait ; il voulait en finir avant qu'elle le rejoigne…

Mais Tanis était là pour l'en empêcher. D'un plongeon, il le cueillit derrière les genoux. L'humain lâcha son arme et tomba en même temps que son adversaire. Tous deux roulèrent dans la poussière.

Le soldat réussit à prendre le dessus et plaqua le demi-elfe sur le sol. Il sortit de sa ceinture un long couteau à la lame effilée. Le cœur battant, Tanis contempla le visage de celui qui allait le tuer…

Soudain, l'humain vomit du sang ; la pointe d'une épée jaillit de sa poitrine. Lâchant son couteau, il s'effondra raide mort sur Tanis.

Le jeune villageois que le demi-elfe avait sauvé quelques instants plus tôt récupéra son arme et l'essuya sur la chemise du cadavre. Puis il repoussa le corps d'un coup de pied et tendit la main à Tanis pour l'aider à se relever.

Le demi-elfe se sentit doublement soulagé : il était toujours vivant et il n'avait pas failli à sa promesse.

Le soldat qui gisait à ses pieds n'était pas son père.

*
* *

Les citoyens d'Ankatavaka attendaient dans la lumière grise de l'aube. Ceux qui avaient survécu aux précédents combats avaient pris place sur les barricades, la peur au ventre. Kishpa avait disparu, et les deux étrangers qui les avaient aidés la veille n'étaient pas revenus. Ils craignaient qu'on les ait abandonnés — pire encore, que leur cause soit désespérée. La nouvelle s'était répandue comme une traînée de poudre : les assaillants avaient des mages avec eux... A chaque minute qui passait, les villageois se convainquaient que la défaite étaient inévitable. Entendant les humains se préparer à l'attaque, quelques-uns lâchèrent leurs armes et s'enfuirent en courant vers la plage, où restaient quelques bateaux de pêche — leur seul espoir. Leur exemple fut hélas suivi, et ce fut bientôt un raz-de-marée elfique qui s'engouffra dans l'avenue principale du village.

A mi-chemin, les fuyards se heurtèrent à un trio bizarrement assorti : un mage, un nain et un petit homme aux épaules tombantes.

— Vous ne passerez pas ! clama le premier.

Comme pour appuyer ses dires, les deux autres tirèrent leurs épées.

Les elfes se regardèrent. Ce n'était pas une phalange de soldats intimidants qui leur bloquait le chemin, juste trois hommes seuls : un mage très pâle et deux guerriers sans expérience. Pourtant, les villageois s'arrêtèrent.

— Je retourne sur les barricades, annonça Kishpa, ses yeux bleus lançant des éclairs. Je refuse de m'avouer vaincu. Je protégerai notre village, nos maisons, notre vie. Venez avec moi.

— Je retourne aussi sur les barricades, dit le nain au visage buriné et au front bombé, parce que l'amitié et la loyauté ne sont pas de vains mots. Venez avec moi.

—Je retourne sur les barricades, dit le petit homme aux cheveux en brosse, parce que votre combat est mon combat. Aujourd'hui comme hier, votre village est mon village. Et aujourd'hui comme demain, mon sang est votre sang. Venez avec moi.

Il sentit les poils se hérisser sur ses bras. Peut-être devrait-il renoncer à sa carrière de comique et se lancer dans celle de héros…

Un murmure parcourut la foule.

— J'y retourne aussi, dit enfin un vieil elfe.

Deux de ses amis le suivirent. Honteux ou inspirés par leur exemple, le reste des elfes fit demi-tour et se dirigea vers les barricades. L'espoir était revenu dans leur cœur, et ils marchaient la tête haute.

En les voyant arriver, les villageois restés à leur poste se mirent à applaudir. Ce fut le retour de Kishpa et de Scowarr qui les réjouit le plus.

Le petit homme avait promis de ramener le mage, et il avait tenu parole…

Quand tout le monde fut en place sur les barricades, la peur avait déserté le village d'Ankatavaka.

Mais la bataille n'avait pas encore commencé.

CHAPITRE XVII

UNE APPARITION

Sur la plage, le brouillard était si dense que Tanis n'avait pas vu se lever le soleil. Le cœur lourd, il revint vers la cabane de Reehsha. Les chances de retrouver son père étaient minces, quelle que soit l'issue de la bataille. Il ne pourrait pas tenir sa promesse et cette idée l'emplissait de honte.

Arrivant devant la masure du pêcheur, il s'aperçut qu'aucune lumière ne brillait à l'intérieur. Inquiet, il ouvrit la porte sans frapper.

Au chevet de Yeblidod, Brandella tamponnait son front avec un linge humide. Elle s'était changée depuis le départ de Tanis, et portait maintenant une chemise vert foncé et des jambières marron. Posant un index sur ses lèvres, elle lui intima le silence.

Tanis hocha la tête et tenta de se détendre. Il regarda autour de lui.

— Où sont passés les autres ?

— Kishpa, Mertwig et Scowarr sont retournés sur les barricades. Ils sont partis il y a quelques minutes à peine.

— Et Reehsha ?

— Il est allé s'occuper de son bateau. Lorsqu'il reviendra, il prendra la relève auprès de Yeblidod. Et vous ? Qu'avez-vous l'intention de faire ? Allez-vous rester ici ou combattre les humains ?

— Ni l'un ni l'autre. Je suis venu à Ankatavaka dans un but précis.

— Je sais, dit calmement Brandella.

Tanis déglutit.

— Vous savez ?

— Oui. Scowarr nous l'a expliqué la nuit dernière, après votre départ. Il nous a dit que vous cherchiez deux personnes.

— Oh. Je vois.

Le demi-elfe prit une profonde inspiration. Il entendait les vagues, au loin, mais la mer était perdue dans le brouillard. Il avait l'impression de suffoquer. Peut-être était-ce à cause de Brandella...

— L'humain que vous poursuiviez était-il du nombre ? demanda gentiment la jeune femme.

— Non.

— Alors pourquoi l'avez-vous poursuivi ?

— Ça n'a plus d'importance, dit Tanis, la tête baissée.

— A voir votre air triste, je n'en jurerais pas, fit Brandella en lui caressant tendrement la joue.

Le demi-elfe se figea.

— Vous êtes très bonne, chuchota-t-il d'une voix rauque.

— Et vous, très courageux.

C'était une constatation, pas un compliment. Son regard était franc, et rien dans son allure ne laissait supposer qu'elle tentait de le séduire.

— Je vous ai vu sur les barricades hier. J'ai prié pour que vous ne mouriez pas.

— Moi aussi, dit Tanis en souriant.

Brandella rejeta la tête en arrière ; un rire s'échappa de sa gorge.

— On dirait que Scowarr déteint sur vous.

Le demi-elfe haussa un sourcil.

— Ne me dites pas que vous le trouvez drôle ?

— Bien sûr que si. Il raconte des choses amusantes, et d'autres qui paraissent difficiles à croire. Par exemple, il affirme que vous êtes apparu au beau milieu d'un combat, là où il n'y avait rien une seconde auparavant…

Tanis hésita. Il n'aurait peut-être pas d'autre occasion de parler seul à la jeune femme… Il devait lui expliquer la raison de sa présence au village. Elle lui tendait une perche ; il n'avait qu'à la saisir et se montrer convaincant.

— Scowarr n'a rien inventé. Je me suis bien matérialisé au milieu d'un champ de bataille.

Brandella écarquilla les yeux.

— Alors, vous n'êtes pas réel. Vous êtes une image, une apparition !

L'ironie de ces paroles était telle que Tanis ne put s'empêcher de rire.

— *Moi*, je ne suis pas réel ? Je suis une apparition ? Si Scowarr pouvait entendre ça ! Lui qui croit que je n'ai aucun sens de l'humour… S'il savait…

— S'il savait quoi ? demanda Brandella en fronçant les sourcils.

L'attitude étrange du demi-elfe l'inquiétait.

— Que je suis le seul à être réel. Vous, Yeblidod, Kishpa, Scowarr, Ankatavaka, les humains, à l'extérieur des barricades, vous n'êtes que des souvenirs captifs de la mémoire d'un vieux mage. Lorsqu'il mourra, vous disparaîtrez avec lui.

— Vous êtes fou ! dit Brandella en reculant d'un pas.

— Non, et vous le savez. Vous avez cru Scowarr… Vous êtes persuadée que je ne suis pas ici par hasard.

La confusion de la jeune femme se mua en colère. Ses pommettes se colorèrent.

— De quel droit me dites-vous que je n'existe pas ?

— Vous existez dans sa mémoire. Vous êtes réelle dans sa mémoire. Mais cette existence n'est pas la vôtre, seulement celle dont il se souvient. Et je suis venu pour changer ça.

Un sanglot s'échappa des lèvres de Brandella ; Tanis se sentit coupable de lui infliger pareille épreuve.

— Non ! s'écria la jeune femme en se détournant. Je vous connais. J'ai rêvé de vous. Vous m'avez fait peur.

Tanis la saisit par le bras et l'attira contre lui.

— N'ayez crainte, je ne vous veux aucun mal. C'est le vieux mage qui m'a envoyé. Pour vous libérer.

— Me libérer de quoi ? demanda Brandella, les yeux brillant de colère. De l'existence heureuse que je mène ? De l'homme que j'aime ?

Tanis secoua la tête.

— Vous ne comprenez pas. Il s'agit de la dernière volonté de Kishpa.

La jeune femme se raidit et fit un pas en arrière.

— Kishpa n'est pas mourant. Vous avez dit vous-même qu'il vivrait très vieux.

— Et c'est ce qu'il a fait. Ecoutez-moi ! Là d'où je viens, quatre-vingt-dix-huit ans se sont écoulés depuis que vous l'avez soigné dans la cabane. Là d'où je viens, il est très vieux. Il a été blessé dans un incendie et il gît au pied d'un arbre calciné. Il se souvient de vous ; il vous imagine dans votre glorieuse jeunesse. C'est lui qui m'a envoyé ici… pour vous faire sortir de sa mémoire avant que vous ne cessiez d'être.

— Vous mentez ! cria Brandella. Kishpa avait raison de se méfier de vous. Vous êtes venu pour nous détruire. Mais vous n'y parviendrez pas !

Au grand étonnement de Tanis, elle sortit un couteau de sa jupe et se jeta sur lui. Trop surpris pour esquiver, le demi-elfe fut touché au-dessus de la hanche.

Avant que Brandella puisse frapper une deuxième fois, il lui saisit le poignet et le tordit jusqu'à ce qu'elle lâche son arme.

— Vous me faites mal, protesta la jeune femme.

— Je pourrais en dire autant, rétorqua Tanis en ramassant le couteau et en le jetant par la fenêtre.

Sa blessure saignait beaucoup, même si elle n'était guère profonde. Il posa la main dessus pour arrêter le flot écarlate.

— Vous êtes injuste, dit-il avec calme. Encore une fois, je ne vous veux aucun mal : j'essaie seulement de faire ce que Kishpa m'a demandé. Mais nous n'avons plus beaucoup de temps. Il risque de mourir à tout moment, et nous avec.

— Vous êtes fou.

— Réfléchissez. Essayez de vous mettre à sa place. Il a vécu un siècle, et la femme qu'il aimait est morte… depuis longtemps. Son image ne le quitte pas. Mais il va bientôt mourir, et son souvenir avec lui. Ne souhaiteriez-vous pas, comme lui, que sa beauté survive à votre mort ? Ne serait-ce pas le plus beau geste d'amour possible ?

Brandella ne répondit pas ; Tanis vit ses yeux se remplir de larmes.

— Si, dit-elle enfin. Mais ça ne signifie pas que vous me racontiez la vérité. Réalisez-vous ce que vous me demandez ? Vous voulez que je quitte l'homme que j'aime pour quelques belles phrases…

— Pas pour de belles phrases. Par amour !

Tanis tira de sa poche le bout de tissu aux couleurs passées et le lui tendit. La jeune femme l'examina, tremblante.

— C'est un morceau du foulard que je suis en train de lui faire. Comment peut-il être en cours de tissage sur mon métier, et usé par les ans entre mes mains ? (Le demi-elfe ne répondit pas, mais son cœur était empli de sympathie.) C'est Kishpa qui vous l'a donné ? chuchota Brandella.

Tanis hocha la tête.

— Comme preuve de son amour.

Il vit le visage de la jeune femme se décomposer et il comprit.

Elle le croyait.

CHAPITRE XVIII

L'ATTAQUE FINALE

Prenant une profonde inspiration, Brandella se baissa pour ramasser l'arc et le carquois qu'elle avait posés dans un coin de la cabane.

— Dès le retour de Reehsha, je partirai sur les barricades, annonça-t-elle fermement.

— Et la dernière volonté de Kishpa, qu'en faites-vous ? Il peut mourir d'un moment à l'autre.

— Je comprends. Mais je ne peux pas vous accompagner de suite. L'homme que j'aime est en train de se battre pour son village. C'est grâce à lui qu'Ankatavaka est devenu mon foyer. Je lui dois tout.

La tristesse et la colère se mêlaient sur son visage ; pourtant, elle affichait une assurance qui n'était pas sans rappeler à Tanis celle de Kitiara.

— Comprenez-moi... Kishpa m'a sauvée du naufrage d'un navire d'esclaves. J'avais encore des chaînes aux pieds quand, à cause d'une vision, il a pris la mer au beau milieu d'une tempête pour venir me chercher. D'abord, je l'ai aimé par gratitude. Il était très gentil avec moi ; il veillait à ce que les elfes m'acceptent en dépit de ma race. Il m'a aidée à apprendre. Grâce à lui, je sais tisser, peindre et manier l'arc...

« Et vous me demandez d'abandonner le Kishpa

que je connais et que j'aime parce que le vieux Kishpa en a manifesté le désir. Ce mage-là m'est presque un étranger. Je ne sais pas quel effet a eu sur lui le passage des ans. En revanche, je sais que *mon* Kishpa souffrirait terriblement si je disparaissais aujourd'hui.

« Il est encore très faible, même s'il refuse de l'admettre. Il a peur pour moi et pour son village. Si je l'abandonne, ça lui brisera le cœur. Comment pourrais-je mériter l'amour du vieux si je disparais au moment où le jeune Kishpa a le plus besoin de moi ? »

— Vous êtes très éloquente, dit Tanis. Mais...

— Taisez-vous ! ordonna la jeune femme. Je vous crois et je vous accompagnerai quand la bataille aura pris fin. Mais pas avant. Si je ne suis plus qu'un souvenir pour lui, je refuse que ma désertion, en un instant tragique, soit la dernière image qu'il emportera dans la tombe.

— Dans ce cas, j'irai aussi sur les barricades. Je combattrai avec vous pour m'assurer que rien ne vous arrive. Mais que les villageois gagnent ou perdent, dès que tout sera fini, je vous emmènerai…

*
* *

Lorsqu'ils arrivèrent près des barricades, la bataille avait déjà commencé. Paniqués, les défenseurs elfiques appelaient Kishpa au secours, le suppliant de faire quelque chose avant qu'il soit trop tard.

Tanis et Brandella escaladèrent les barricades pour rejoindre le mage. En arrivant au sommet, ils découvrirent ce qui plongeait les villageois dans une telle terreur.

— Par les dieux ! s'exclama Tanis.

Des renforts humains étaient arrivés durant la nuit, et l'armée comprenait maintenant près de dix mille soldats.

— D'où sortent-ils ? s'étonna Brandella en plissant les yeux.

Même en faisant mouche à chaque coup, les elfes n'auraient pas eu assez de flèches pour endiguer cette marée humaine. Leurs assaillants étaient trente fois plus nombreux qu'eux. Pourtant Kishpa, dont la silhouette vêtue de rouge se découpait sur le fond grisâtre du ciel, ne montrait aucun signe d'inquiétude.

— La magie les a créés, la magie les anéantira, dit-il simplement.

— S'agit-il d'une illusion ? s'étonna Tanis.

— Non, d'un sort de duplication. La plupart de ces soldats sont les reflets d'un petit noyau d'hommes réels. Vous voyez ce guerrier blond avec un carquois bleu vif ? Regardez de l'autre côté du torrent. Et là, sous ce grand arbre. C'est le même.

« Ils auraient pu me tromper, mais ils ont voulu en faire trop. Ces renforts semblaient si improbables que j'ai regardé de plus près. Pas la peine d'être un grand magicien pour remarquer que beaucoup d'hommes étaient vêtus exactement pareil, tenaient leurs armes de la même façon ou couraient en parfaite synchronisation…

« Le sort de duplication est rudimentaire, mais je ne l'avais encore jamais vu utilisé à si grande échelle. Les humains doivent avoir avec eux une demi-douzaine de mages. »

— Seras-tu assez puissant pour les arrêter ? demanda Brandella, inquiète.

— Je l'ignore.

— Ne tardez pas trop à le vérifier, intervint Tanis. Parce que reflets ou non, ils se rapprochent dangereusement.

— Si Scowarr et Mertwig me ramènent ce que je leur ai demandé, nous pourrons... Ah, juste à temps ! s'exclama le mage en désignant les portes du village.

Petites-Epaules venait d'arriver en courant, un coffret métallique dans les mains. Il s'arrêta, leva les yeux vers Kishpa et hocha la tête. Un sourire nerveux se dessina sur les lèvres du mage.

— Ouvrez les portes ! ordonna-t-il.

— Non ! s'exclamèrent les défenseurs, atterrés.

— Faites ce que je vous dis !

Personne ne bougea.

Tanis jura, sauta à terre et se précipita. Il tendit la main vers la corde qui commandait l'ouverture des portes et allait la tirer lorsqu'un villageois effrayé, perché sur les barricades, sortit un couteau et tenta de la couper. Mais Brandella lui décocha une flèche qui le cueillit par la manche de sa tunique et l'épingla à la barricade.

Tanis se suspendit à la corde. Les portes une fois ouvertes, il leva la tête vers Brandella et s'inclina. La jeune femme lui fit un clin d'œil.

— Ouvre le coffret et pose-le sur le sol ! cria Kishpa à l'attention de Scowarr. Puis rentre et aide Tanis à refermer.

Les deux compagnons s'exécutèrent sans chercher à comprendre. Le mage incanta. Les troupes humaines se rapprochaient ; rien ne semblait pouvoir les arrêter…

Un cri terrifié jaillit des premières lignes ennemies.

CHAPITRE XIX

ENSORCELÉE

Tanis escalada la barricade et se figea.

A coups de mandibules avides, une araignée géante se frayait un chemin parmi les soldats. Les reflets des humains blessés ou tués subissaient le destin de leur « original », si bien que les hommes tombaient par douzaines dans des mares de sang. La créature les massacrait en silence, mais les hurlements des victimes étaient assourdissants. Brandella se détourna avec un cri horrifié ; beaucoup d'elfes réagirent de même.

Bientôt, la seule vue du monstre sema la panique dans les rangs ennemis. Les soldats battirent en retraite, suivis par leurs doubles. Mais ceux qui se trouvaient à une distance suffisante commencèrent à cribler l'araignée de flèches.

Craignant que son arme secrète périsse, Kishpa incanta de nouveau dans la langue bizarre que Tanis avait parfois entendu sortir de la bouche de Raistlin. Avec un certain sens de l'humour, le mage utilisa aussi le sort de duplication. Soudain, l'armée ennemie se trouva face à une famille d'araignées géantes…

Il aurait suffi de tuer la vraie pour être débarrassé des autres, mais dans le chaos qui s'ensuivit, nul ne savait plus qui était la bonne. Les flèches elfiques ne facilitaient pas la tâche des soldats… qui jugèrent plus sage d'abandonner le champ de bataille.

Sur les barricades, les villageois poussèrent des cris victorieux et scandèrent le nom de Kishpa. Epuisé, le mage se laissa tomber sur l'épaule de Brandella. La jeune femme jeta à Tanis un regard qui disait : « Vous voyez ? Je vous avez bien dit qu'il aurait besoin de moi. »

Une poignée d'elfes reconnaissants se précipitèrent vers Kishpa, le hissèrent sur leurs épaules et le portèrent en triomphe. Abandonnant toute réserve, les autres dansèrent sur les barricades.

— Faisons la fête pour célébrer notre victoire ! s'écria Canpho le guérisseur.

— Oui, faisons la fête, renchérirent les villageois.

— Allons chercher les femmes et les enfants ! Notre mage nous a sauvés !

Un tonnerre d'applaudissements assourdit Tanis. Malgré sa fatigue, Kishpa rayonnait. Pas étonnant que, près d'un siècle plus tard, il se soit souvenu en détail de cet instant...

— Venez, allons allumer des feux de joie sur la plage ! proposa Canpho. Que chacun apporte la nourriture qui lui reste ; nous la partagerons.

Les barricades se vidèrent ; les elfes emmenèrent Kishpa dans un joyeux brouhaha.

Scowarr resta en arrière avec Tanis. Il avait revêtu ses oripeaux de la veille (les bandages en moins), sans doute pour préserver ses nouveaux habits.

— Pourquoi ne les accompagnes-tu pas ? s'enquit le demi-elfe.

— Hier, c'était moi leur héros, marmonna le petit homme, boudeur.

— Ne t'inquiète pas, dit Tanis en souriant. Les elfes ne sont pas aussi versatiles que les humains. Ils n'oublieront pas ce que tu as fait. Mais avoue que Kishpa a bien mérité leurs vivats... Tu n'as aucune raison d'être jaloux !

— Qui a dit que j'étais jaloux ? lâcha Petites-Epaules sur un ton dédaigneux.

Tanis ne répondit pas. Il venait d'entendre un bruit derrière lui. Jetant un coup d'œil par-dessus son épaule, il poussa un hoquet de surprise. Une patte d'araignée gluante de sang venait d'enjamber les barricades.

Scowarr se retourna et se figea.

Le monstre franchit l'obstacle avec une agilité surprenante. Au même moment, des dizaines de pattes noires et poilues apparurent. Les doubles suivaient, telle une marée se préparant à submerger le village…

— Je me sens dans la peau d'une mouche, murmura Scowarr, pétrifié par la terreur.

— A mon avis, les araignées partagent ton opinion.

— C'est maintenant que tu te mets à faire des blagues !

Tanis tira son épée du fourreau ; son compagnon voulut l'imiter.

— Non, dit le demi-elfe. Va plutôt chercher de l'aide. Je tiens à l'œil la véritable araignée ; si j'arrive à la repousser, les autres ne pourront pas avancer davantage.

— Tu ne peux pas combattre seul, protesta Scowarr.

Tanis se sentit ému par la loyauté du petit homme.

— Tu as un sacré courage, mon ami. Ne laisse jamais personne te dire le contraire. Mais pour le moment, le meilleur moyen de m'aider consiste à obéir. Trouve Kishpa et ramène-le. Vite ! L'araignée ne va pas attendre pour nous faire plaisir !

— D'accord, dit Scowarr en clignant des yeux.

Il décampa vers la plage de toute la vitesse de ses petites jambes.

Près des barricades, le monstre vit l'enchantement que Kishpa avait placé sur la lame de Tanis. Comprenant que le demi-elfe était dangereux, il frotta deux de ses pattes pour appeler ses doubles à la rescousse. Les autres araignées se massèrent autour de lui ; pour ne pas perdre de vue l'original, Tanis n'eut d'autre solution que charger.

Il était conscient de courir à sa perte. Quel mal pouvait-il faire à des créatures dont il n'atteignait même pas les genoux ? Il trancha la patte du premier double qui voulut lui bloquer le chemin. Au jet de sang qui l'aspergea, il comprit la différence entre un *duplicata* et une *illusion*. Le double pouvait tuer et être tué ; ce qui lui arrivait affectait aussi les autres. En regardant autour de lui, le demi-elfe vit que toutes les araignées avaient une patte en moins.

Les plus proches essayèrent de l'embrocher du bout de leurs membres tranchants, mais Tanis fut plus rapide qu'elles. Son épée débita de l'araignée dans un halo rougeâtre.

Bientôt, la rue fut inondée par un torrent de sang chaud, et le demi-elfe commença à glisser sur les pavés. Luttant pour conserver son équilibre, il se fraya un chemin jusqu'à la véritable araignée, qui s'était adossée à la barricade pour une meilleure protection. Contrairement à ses doubles, elle n'avait subi aucun dommage.

Tanis essuya le sang et la sueur qui l'aveuglaient tandis que la plupart des créatures s'éloignaient, tanguant sur leurs membres encore valides. Mais, une des plus tenaces avait entrepris de tisser une toile. D'un mouvement de patte, elle projeta la masse gluante en direction du demi-elfe. Celui-ci lutta pour se dégager ; avant qu'il y parvienne, l'araignée le renversa. Il tomba sur le dos, lâcha son épée et sentit la panique l'envahir.

Le monstre ouvrit une gueule dégoulinante de salive et se pencha sur lui, masquant le soleil de son ombre massive. Une odeur de pourriture monta aux narines de Tanis et lui donna envie de vomir.

Avec un peu de chance, ses nausées seraient brèves.

Il était perdu.

La créature allait le dévorer…

CHAPITRE XX

COMBAT À MORT

La bête poussa un hurlement et se détourna, lâchant prise. Tanis se contorsionna dans la toile gluante pour voir ce qui se passait.

Mertwig ! Le vieux nain avait surgi derrière l'araignée, lui tranchant une patte avec sa hache. A présent, le monstre avait un nouvel ennemi.

*
* *

Imbécile, avait pensé Mertwig. *Tu ne réussiras qu'à te faire tuer avec le demi-elfe !*

Pourtant, comment abandonner celui qui avait sauvé sa chère Yeblidod ?

Il avait lâché son gros sac de cuir et tenté une manœuvre de diversion. Maintenant, la créature allait s'en prendre à lui, et qui viendrait *le* sauver ?

Mieux valait ne compter sur personne pour se tirer de ce mauvais pas. Sa seule chance était d'atteindre l'araignée à la tête. Les pieds fermement plantés dans le sol, le nain fit tournoyer sa hache… mais le monstre ne parut pas s'en inquiéter.

Lentement, il se pencha sur l'impudente créature qui avait osé le blesser. Mertwig lâcha son arme, qui décrivit un arc dans les airs et passa à un bon pied de l'araignée avant d'aller se planter dans la barricade.

— Par Réorx ! rugit le nain en plongeant derrière son sac.

*
* *

Tanis essayait désespérément de retrouver son arme. Ligoté comme il l'était, il ne pouvait même pas lever la tête. A coups de pied, il essaya de déchirer la toile...

Les fils gluants ne cédèrent pas. Mais à force de se débattre, le demi-elfe heurta un objet qui racla les pavés avec un bruit métallique. Son épée !

Roulant sur le flanc droit, il se contorsionna pour amener ses doigts à portée de l'arme. Une fois la garde saisie, l'épée enchantée se cala d'elle-même dans sa main et le guida pour trancher ses liens.

Le demi-elfe se dégagea et bondit sur ses pieds. Mertwig semblait en mauvaise posture... Il avait juste eu le temps de se jeter à terre pour esquiver les coups de l'araignée, et celle-ci ne le raterait pas une deuxième fois.

Tanis escalada la barricade et se jeta sur le monstre, épée en avant. Il le tuerait, ou périrait.

La lame enchantée se planta dans le corps de l'araignée qui se dressa sur ses pattes arrière, et, folle de douleur, tenta de désarçonner ce cavalier indésirable. Tanis glissa sur le côté, s'accrochant à la garde de son épée. Sous son poids, l'arme taillada la chair de haut en bas.

La créature agita les pattes en tous sens, mais elle n'était pas assez souple pour atteindre le demi-elfe perché sur son dos. Dans un dernier sursaut, elle se jeta contre la barricade pour l'écraser. Tanis réussit à anticiper son mouvement et sauta à terre, l'épée à la main. Avant que l'araignée puisse se reprendre, il lui plongea son arme dans le ventre, à l'endroit où convergeaient ses nerfs. Tous les doubles disparurent...

Et l'original, vaincu, tomba sur le sol, raide mort.

Mertwig se précipita vers Tanis.

— Je n'ai jamais rien vu de pareil, haleta-t-il, hors d'haleine.

— Sans vous, je serais mort, dit le demi-elfe. Je vous dois la vie. Si je peux faire...

Le nain l'interrompit :

— Vous avez sauvé ma Yebbie. Vous n'avez aucune dette envers moi.

Des bruits de voix retentirent.

— Mais si vous voulez vraiment me rendre service, ajouta Mertwig en hâte, ne dites à personne que vous m'avez vu. Je ne suis jamais venu ici. Vous avez vaincu l'araignée seul.

— Pourquoi ? s'étonna Tanis.

— Je vous en prie. Promettez-le-moi !

— Si vous insistez. Mais...

Avant que le demi-elfe puisse terminer sa phrase, Mertwig avait saisi son sac de cuir, le jetant sur son épaule. Puis il bondit vers la ruelle la plus proche. Lorsque Scowarr, Kishpa et Brandella apparurent, à la tête de centaines d'elfes, le nain s'était éclipsé.

*

* *

Scowarr et les autres s'arrêtèrent, frappés de stupeur à la vue de Tanis et de la carcasse de l'araignée géante.

Kishpa dévisagea le demi-elfe.

— Je craignais de trouver votre cadavre et des araignées plein les rues du village, soupira-t-il, visiblement soulagé.

Brandella se jeta au cou de Tanis et le serra dans ses bras en poussant un cri de joie. De nombreux regards se posèrent sur elle, mais le plus surpris était le mage, qui poursuivit plus froidement :

— Nous vous sommes très reconnaissants de ce que vous avez fait pour Ankatavaka.

D'un geste ferme, il éloigna la jeune femme du demi-elfe.

— Raconte-nous comment ça s'est passé, s'écria Scowarr sans remarquer le mouvement d'humeur du mage et l'embarras de Tanis.

— Je n'y serais jamais arrivé sans le sort que Kishpa a lancé sur mon épée, dit le demi-elfe pour relativiser son exploit. Et j'ai eu beaucoup de chance.

Kishpa plissa les yeux, tiraillé entre des émotions contradictoires. Furieux de la réaction de Brandella, il ne pouvait s'empêcher d'admirer le courage de celui qui s'affirmait peu à peu comme son rival dans le cœur des villageois et de sa bien-aimée. Tanis lut ce conflit sur son visage et se demanda quel sentiment émergerait victorieux.

Il eut la réponse quand le mage se tourna vers la foule et déclara :

— Un triomphe de plus à célébrer, mes amis ! Retournons à nos préparatifs !

CHAPITRE XXI

L'ÉPREUVE DE VÉRITÉ

La fête resterait gravée dans la mémoire des les convives. Des feux de joie brûlaient tout le long de la plage ; les villageois étaient en liesse. Scowarr constata avec plaisir que Tanis avait eu raison. Toute la journée, des elfes vinrent le féliciter de son héroïsme. Ils ne l'avaient pas oublié.

Quand le jeune humain partit à la recherche de son ami, il le trouva assis sur un rocher, face à la mer.

— Où étais-tu passé ?

— J'avais du sommeil à rattraper, expliqua le demi-elfe.

Mertwig approcha en compagnie de Yeblidod, dont les bandages disparaissaient sous un large chapeau. Encore pâle, la naine semblait en meilleure forme que la nuit précédente. Canpho se précipita vers elle. Une fois rassuré sur son état de santé, il se tourna vers les autres elfes et s'écria :

— Mes amis, voici une héroïne que nous avons oublié de fêter comme il se doit ! Grâce à ses talents de guérisseuse, elle a soulagé bien des blessés après la bataille d'hier… Cette nuit, elle a failli se faire tuer, mais elle nous revient en un seul morceau ! Applaudissez Yeblidod !

La foule battit des mains. Rayonnant de fierté, Mertwig jeta un regard admiratif à sa femme.

— Je ne sais pas quoi répondre, chuchota Yeblidod, légèrement embarrassée.

— Contente-toi de dire merci.

La naine baissa humblement la tête, incapable de prononcer un mot tant l'émotion lui serrait la gorge. Son mari fit taire la foule et prit la parole :

— Mes amis ! Comme beaucoup d'entre vous, j'ai fait beaucoup de serments avant la bataille. J'ai promis à ceux que j'aime de faire ceci ou cela si nous en réchappions vivants, ce qui semblait peu probable.

Il plongea la main dans sa poche et en sortit une petite boîte. A l'intérieur se trouvait une délicate boule de verre qui luisait au soleil comme un diamant.

— Et maintenant, devant vous tous, j'ai le plaisir de tenir la promesse faite à ma chère Yeblidod ! proclama-t-il.

Il tendit à sa femme le globe strié de bleu et de vert.

— La transparence du verre témoigne de la pureté de mon amour pour elle ; les volutes bleues reflètent l'éclat du ciel en cet instant. Quant aux volutes vertes..., elles ont exactement la même couleur que les yeux de mon aimée.

La foule poussa des vivats enthousiastes tandis que deux grosses larmes roulaient sur les joues de Yeblidod. Même Tanis se sentit ému. Un tonnerre d'applaudissements éclata sur la plage.

Seul Kishpa ne se joignit pas à l'allégresse générale. Fronçant les sourcils, il se tourna vers Brandella. La jeune femme avait l'air préoccupée, ce qui ne l'empêcha pas d'apprécier le geste romantique du nain.

Son discours terminé, Mertwig s'éloigna en tenant Yeblidod par le bras. Au grand étonnement de Tanis, il évita soigneusement de croiser son regard ou celui du mage…

Puis tout bascula dans le noir.

Le soleil disparut ; la plage s'évanouit. Les bruits de fête s'étaient tus. Le silence tomba, troublé par les battements irréguliers d'un cœur agonisant. Il n'y avait plus ni haut ni bas, ni est ni ouest…

Tanis flottait au milieu de nulle part.

Par réflexe, il porta la main à son épée. C'était inutile. Il n'y avait pas d'ennemi à combattre.

— Tenez bon, Kishpa ! cria le demi-elfe, pris d'une soudaine inspiration. Je sauverai votre Brandella !

Le mage l'avait-il entendu ? Il ne devait jamais le savoir. Un instant plus tard, le soleil réapparut. Tanis se trouvait à nouveau sur la plage, perché sur son rocher. Plusieurs heures semblaient s'être écoulées, car déjà Lunitari se profilait à l'horizon.

Et la fête avait cédé la place à une confrontation.

Rouge de colère, Mertwig se dressait face à un elfe au visage rond. Autour d'eux, les spectateurs semblaient inquiets.

— Je t'ai vu entrer dans la maison de mon oncle ! cria l'elfe. Sur le coup, je n'ai pas compris ce que tu faisais là, puisque Azurakee était mort la veille. Mais tout s'éclaire : pendant que nous nous apprêtions à nous battre, tu étais en train de piller le quartier !

Un silence de mort s'abattit sur la foule, consternée par cette accusation. Canpho s'éclaircit la gorge :

— Réfléchis un peu, mon jeune ami. Es-tu bien certain de ce que tu avances ? Mertwig te pardonnera si tu as parlé trop vite. Présente des excuses et…

— Hors de question, dit l'elfe.

— Comment oses-tu m'insulter de la sorte ! rugit le nain. Ici, en présence de ma femme et de mes amis !

— Les voleurs n'ont pas d'amis.

Plongeant sur l'insolent, Mertwig le saisit à la gorge. Il fallut l'intervention de Canpho pour séparer les deux adversaires.

— Ah, les nains ! grogna un vieil elfe à côté de Tanis.

Ayant toute sa vie « souffert » du complexe de supériorité des elfes, le guerrier ressentit tout à coup une franche sympathie pour Mertwig.

— Je l'ai vu ! insista l'accusateur, ses joues pâles empourprées par l'indignation. Il est sorti de la maison d'Azurakee avec un sac sur l'épaule. Je suis entré derrière lui, et tous les objets de valeur avaient disparu.

— Mensonge ! accusa Mertwig, les poings serrés.

— As-tu des preuves ? demanda Canpho au jeune elfe.

— Seulement ce que j'ai vu de mes yeux.

— Vous voyez ! explosa le nain. Il raconte n'importe quoi !

— Ah oui ? Alors, explique-nous comment tu as réussi à acheter la boule de verre dont tu as fait cadeau à ta femme ! Tout le monde sait que tu es pauvre !

Du regard, Tanis chercha Brandella. La jeune femme était assise à côté de Kishpa, avec qui elle conversait à voix basse. Le demi-elfe s'approcha discrètement du couple.

— Tu dois prendre sa défense ! dit Brandella en pressant la main de son amant.

— Comment ?

— Dis-leur que tu crois Mertwig. Tu sais en quelle estime ils te tiennent. Ils t'écouteront.

— Et... et s'il était vraiment coupable ? demanda Kishpa, embarrassé.

— Alors tu auras eu tort et raison à la fois.

— Raison ? s'enquit le mage, haussant les sourcils.

— D'être loyal à ton ami.

Kishpa réfléchit quelques instants, déchiré entre deux possibilités inconciliables.

— Ma loyauté va d'abord à la vérité, lâcha-t-il enfin, l'air sombre.

Brandella inclina la tête.

— Veux-tu dire que tu refuserais de me défendre si je mentais ou que je volais ?

— Ce n'est pas pareil, protesta Kishpa.

— Pour moi, ça l'est, insista la jeune femme.

Elle lui lâcha la main.

Tanis s'éloigna sur la pointe des pieds.

— J'ai obtenu cette boule de verre en toute honnêteté, expliquait Mertwig à son accusateur.

— Contre quoi ?

— Ça ne te regarde pas.

Un murmure monta de la foule, qui ne jugeait pas la réponse satisfaisante.

— Où se trouvait le nain lorsque les humains ont attaqué ? demanda un elfe aux cheveux cendrés.

— Il était parti avec Petites-Epaules chercher une araignée pour Kishpa, répondit un autre villageois.

— Oui, mais on ne l'a plus revu ensuite, fit remarquer un troisième.

— Je ne voulais pas revenir sans ce qu'on m'avait demandé, expliqua Mertwig. Je ne pouvais pas savoir que Scowarr avait trouvé si vite !

— C'est vrai, intervint le comique. Nous nous sommes séparés pour augmenter nos chances.

— On ne s'en sortira pas comme ça, déclara Canpho. Que quelqu'un aille chercher Piklaker : nous lui demanderons avec quoi Mertwig l'a payé, et la question sera réglée une fois pour toutes.

— Piklaker est parti, cria quelqu'un au dernier rang de la foule. Il a quitté le village après la fin de la bataille.

— Décidément, soupira Canpho, nous jouons de malchance.

— Le nain n'a qu'à nous dire lui-même comment il a pu acheter la boule de verre, insista le jeune elfe, les dents serrées.

— Je refuse ! Je ne veux pas que ma femme sache combien son cadeau m'a coûté ! protesta Mertwig.

Yeblidod s'approcha de lui et passa un bras sous le sien. Elle avait à nouveau des larmes plein les yeux. Cette fois, ce n'étaient pas des larmes de joie.

— Ce n'est pas grave, chuchota-t-elle tendrement à son mari. Dis-le-leur.

Mertwig jeta un regard désemparé à Kishpa, comme pour le supplier de prendre sa défense.

Le mage resta de glace.

— Je... je lui ai fait une promesse, balbutia le nain. Je lui ai dit que je le paierai avec mon travail.

— Tu mens ! triompha le jeune elfe. Il te faudrait des années pour gagner l'argent nécessaire. Les œuvres de Piklaker sont hors de prix !

— Canpho, dis à ce jeune chenapan de tenir sa langue quand il parle aux anciens, gronda Mertwig en se tournant vers le guérisseur.

— Je tiens ma langue quand je parle à des anciens honnêtes, railla l'elfe.

Le nain trembla de colère. Si on ne l'avait pas retenu, il se serait jeté sur le jeune impudent.

— Très bien, très bien, dit Canpho en levant les mains pour apaiser les deux adversaires. Demain, le Conseil se réunira pour examiner les charges qui pèsent sur Mertwig. Jusque-là, n'en parlons plus.

— Non ! s'exclama le nain, abasourdi, en dévisageant ceux qu'il avait toute sa vie considérés comme des amis. Je ne passerai pas en jugement pour avoir offert un cadeau à ma femme. Je préfère quitter Ankatavaka que de subir une telle humiliation !

Canpho ne dit rien.

Kishpa ne dit rien.

Tanis, lui, fut incapable de se taire plus longtemps.

CHAPITRE XXII

RENDEZ-VOUS

Le visage torturé, Mertwig regarda le demi-elfe se frayer un chemin jusqu'au centre de la foule.

— Je ne suis pas à même de confirmer ou d'infirmer ces charges, déclara Tanis, mais je dois vous dire quelque chose que vous ignorez certainement.

Mertwig s'empourpra. Il avait envie de crier « Traître ! », mais à quoi cela aurait-il servi ? Courbant la nuque, il rentra la tête dans les épaules comme pour se protéger du vent d'hiver.

— Vous ne savez pas grand-chose de moi, poursuivit le demi-elfe. Pour être honnête, je ne sais pas grand-chose de vous non plus. Mais je suis capable de reconnaître un être courageux quand j'en vois un. Et Mertwig est du nombre.

Un murmure indécis parcourut la foule.

— Le nain vit ici depuis longtemps, dit un elfe qui n'était pas intervenu jusque-là. Ne portons pas de jugement hâtif.

Plusieurs villageois hochèrent la tête, en signe d'approbation.

— Sachez qu'il est venu à mon aide lorsque je combattais l'araignée géante, reprit Tanis. Il m'a sauvé la vie au péril de la sienne. Pour une raison que j'ignore, il m'avait demandé de passer son exploit sous silence.

Yeblidod leva le menton et regarda autour d'elle, comme pour faire honte à ceux qui avaient osé soupçonner son cher Mertwig.

— Me voilà obligé de rompre ma promesse. Comment pourrais-je me taire, alors que son acte héroïque contredit le portrait que vous tracez de lui ? Je vous le demande : un voleur risquerait-il un trésor chèrement acquis (sans parler de sa propre vie) pour un étranger ?

Impressionnés par le discours de Tanis, les elfes chuchotèrent entre eux. Mertwig entendit Brandella dire à Kishpa :

— Il sait se montrer très éloquent pour défendre ton ami. Pourquoi n'en as-tu pas fait autant ?

Le nain tendit l'oreille pour saisir la réponse du mage, dont le visage avait viré à l'écarlate.

— Je... j'avais prévenu Mertwig. Il a fait son choix.

— Alors, tu crois qu'il ment ? Tu crois qu'il est coupable ?

— Je n'en sais rien.

S'approchant du couple, Tanis fit un signe de tête amical à Kishpa et se pencha pour souffler quelque chose à l'oreille de Brandella. Un voile passa devant les yeux de la jeune femme, qui hocha pourtant la tête. Le demi-elfe s'éloigna à grands pas.

Kishpa fronça les sourcils. Oubliés, les problèmes de Mertwig. Quelque chose se passait entre Brandella et l'étranger. Il se mordit les lèvres, se jurant qu'il découvrirait quoi.

*

* *

« — Je suis venu vous rappeler votre promesse, avait chuchoté Tanis à l'oreille de la jeune femme. La bataille est finie. Il faut quitter cet endroit avant qu'il s'évanouisse en fumée. Retrouvez-moi derrière la cabane de Reehsha. »

Un instant, Brandella avait songé à rester en arrière. A disparaître. L'idée de mourir avec l'homme qu'elle aimait avait quelque chose de séduisant. Mais si elle restait, qui se rappellerait de Kishpa ? Qui garderait *son* souvenir vivant ? Désespérée, elle avait accepté le rendez-vous.

*
* *

— Je suis fatiguée, dit Brandella à Kishpa. Je vais me reposer.

La jeune femme mentait mal. Et le mage avait tendance à se méfier de tout et de tous.

Quand sa bien-aimée eut fait quelques dizaines de pas, il se leva pour la suivre. Le voyant s'éloigner, Scowarr courut le rejoindre.

— J'en ai une bien bonne à vous raconter, lâcha-t-il, essoufflé. Vous connaissez l'histoire du mage qui dit non ?

— Non.

— Ha ha ! Je vous ai eu ! s'exclama le comique, triomphant.

Kishpa vit Brandella prendre le chemin opposé à celui de sa maison. Fronçant les sourcils, il pressa le pas.

— Vous ne l'aimez pas ? En voici une autre, insista Scowarr en trottinant à côté de lui.

— Pas maintenant, aboya le mage.

— Qu'est-ce que j'ai fait ? s'étonna le comique, blessé.

Il jeta à Kishpa un regard d'une telle innocence que le mage se demanda s'il n'avait pas du sang kender dans les veines.

— Ecoutez, je suis désolé. J'ai quelque chose d'important à faire. Retournez à la plage et amusez-vous.

— Comment pourrais-je m'amuser alors que mon

mage préféré est en colère après moi ? protesta Scowarr.

— Je ne suis pas en colère, répliqua Kishpa, de plus en plus irrité. Simplement, je...

Un cri s'éleva derrière eux. Scowarr jeta un coup d'œil par-dessus son épaule.

— C'est Yeblidod.

La naine se dirigeait vers eux, les yeux gonflés d'avoir trop pleuré.

— Reviens, Kishpa, je t'en prie, dit-elle, suppliante. Mertwig a besoin de toi.

Elle le tira par sa tunique et se suspendit à son bras en poussant des gémissements apeurés. Malgré son envie de suivre Brandella, le mage ne pouvait repousser la femme de son vieil ami. Jetant un regard inquiet à la rue où sa bien-aimée s'engageait, il revint sur ses pas.

*
* *

— Je ne peux pas partir sans lui dire au revoir, se lamenta Brandella, les yeux fixés sur les flots étincelants.

Tanis et elle étaient assis sur le sable, non loin d'un petit groupe de mouettes. Le demi-elfe était sûr qu'il ne leur restait plus beaucoup de temps. Mais il savait combien il était difficile de quitter ceux qu'on aime sans adieu. Il songea au départ abrupt de Kitiara, à la lueur de colère qui brillait dans ses yeux.

Voyant sa tristesse, sa compagne comprit qu'il avait dû subir une épreuve semblable.

— Est-ce de partir ou de ne pas dire au revoir qui fait le plus mal ? demanda-t-elle doucement.

— Les deux sont atroces, répondit le demi-elfe avec un sourire amer. Mais je pense qu'il vaut mieux dire aux gens ce qu'on ressent pour eux, et leur donner une chance de le faire aussi. Sans ces quelques mots auxquels s'accrocher, on est comme... à la dérive.

— Est-ce votre cas ? s'enquit Brandella en frissonnant.

Le silence du demi-elfe fut plus éloquent qu'une réponse. Pleine de compassion, la jeune femme voulut lui prendre la main, puis se ravisa et attendit.

Elle ne ressemblait à aucune femme qu'il ait connue, songea Tanis. Mais elle ne pouvait être sienne. Et cette idée le rendait fou.

— Que dois-je faire ? demanda-t-elle.

— Laissez-lui un mot, suggéra le demi-elfe. Comme ça, il le gardera toujours avec lui. Il aura quelque chose à quoi se raccrocher.

La jeune femme réfléchit.

— Oui, acquiesça-t-elle tristement. C'est la meilleure solution.

Tanis se souvint du porte-plume enchanté que lui avait donné Kishpa. Le mage avait dit qu'une bande de sligs souhaitait s'en emparer, et qu'il devait l'abandonner dans son passé.

Sortant l'objet de sa tunique, Tanis le tendit à Brandella.

— Tenez. Ceci appartenait à Kishpa. Il me l'a donné pour que je le laisse ici… Je vous le confie pour rédiger votre mot d'adieu.

La jeune femme prit le porte-plume de bois et le contempla avec révérence, comme s'il s'agissait un objet très précieux.

D'une certaine façon, c'était la vérité.

— Merci, dit-elle d'une voix étranglée.

— Je ne vous demanderai qu'une chose : quand vous aurez fini, ne l'emportez pas avec vous.

— Je ferai comme vous voudrez, répondit la jeune femme, lui nouant les bras autour du cou en un geste de gratitude.

Effrayées, les mouettes s'envolèrent dans un bruissement de plumes.

L'odeur des cheveux de Brandella, le contact de ses mains sur sa nuque firent tourner la tête de Tanis. La jeune femme s'écarta de lui comme à regret, évitant son regard.

— Je... je vais y aller tout de suite.

— Oui. D'accord. Pas de problème, balbutia le demi-elfe pour dissimuler son trouble. Quand vous aurez fini, retrouvez-moi à la porte orientale du village.

*

* *

Scowarr ne suivit pas le mage et Yeblidod. Il avait observé Tanis, Kishpa et Brandella, et bien que bouffon, il était loin d'être sot. Un orage se préparait... Sauveur patenté d'Ankatavaka, il était de son devoir de l'éviter.

L'intervention de Yeblidod était tombée à point, mais le mage n'abandonnerait pas aussi facilement.

Scowarr se promit de résoudre le problème avant que leur victoire ne soit entachée de trahison et de sang. Il suivit Brandella, espérant que ses craintes soient vaines...

Faisant le tour de la cabane de Reehsha, il découvrit qu'elles ne n'étaient pas.

CHAPITRE XXIII

LETTRES D'ADIEU

Les paroles de Tanis avaient ému les habitants d'Ankatavaka ; à l'exception de Kishpa, constata Canpho. Le mage se souciait si peu du nain qu'il s'était éloigné sans un mot d'encouragement.

Les elfes se disputaient ; des partis se formaient. Le guérisseur décida de trancher la question une fois pour toutes.

— Envoyons un messager rattraper Piklaker, déclara-t-il. Il nous dira comment Mertwig l'a payé. Si c'était avec des biens volés, nous punirons le nain. Sinon, gare à celui qui l'accuse...

Tout le monde sembla se satisfaire de cette solution, sauf Mertwig.

— Impensable ! s'écria le nain, écumant de rage. Vous doutez encore de mon honneur ? Serai-je considéré comme un criminel jusqu'à ce qu'on prouve mon innocence ? Je ne peux accepter cette insulte.

Sentant que les choses risquaient de mal tourner, Yeblidod s'était éclipsée pour aller chercher Kishpa. Le mage était le meilleur ami de son mari ; il ne l'abandonnerait sûrement pas en de pareilles circonstances.

Lorsque la naine revint quelques minutes plus tard, Mertwig protestait toujours contre la décision de

Canpho. Il était si occupé à se défendre qu'il ne vit pas arriver le mage.

— J'ai vécu ici toute ma vie. Vous me connaissez tous, et le seul qui me défende est un étranger !

A ces mots, Kishpa sentit la honte le submerger .

— Non, Mertwig, déclara-t-il en se frayant un chemin parmi la foule. Tu as bien plus d'un ami à Ankatavaka, et je suis l'un d'entre eux.

Les têtes se tournèrent vers le mage. Hélas, Mertwig était trop blessé pour le laisser parler.

— Tu as eu amplement l'occasion de prendre ma défense, Kishpa, et tu ne l'as pas fait. Crois-tu que ton aide me sois utile maintenant que tout le village s'est retourné contre moi ?

— Personne ne s'est retourné contre toi, assura Canpho.

Les visages muets des elfes qui l'entouraient disaient le contraire.

— Je suis ton ami, affirma Kishpa.

Mertwig gesticula.

— Trop tard ! J'en ai assez de cet endroit. Si j'étais un elfe, les choses ne se seraient pas passées comme ça. Jamais vous n'auriez traité l'un des vôtres avec autant de mépris. Je ne le supporterai pas une minute de plus. Yeblidod et moi allons partir… Nous nous installerons ailleurs, là où on nous fera confiance.

— Mertwig, non ! protesta Kishpa, horrifié.

— Tu prétends être mon ami ? demanda le nain.

— Bien sûr !

— Alors, veille à ce qu'on m'envoie mon fils lorsque le navire reviendra. C'est tout ce que je te demande. A moins que cela aussi n'aille contre ton code de l'honneur…

Kishpa pâlit.

— Je... je ferai ce que tu voudras, balbutia-t-il, mortifié.

— Merci. A présent, écarte-toi de mon chemin. Yeblidod et moi quittons Ankatavaka avec notre honneur et notre dignité.

Incapable de regarder les visages de ceux qu'elle connaissait depuis plus de cent quarante ans, la naine prit le bras de son mari et s'éloigna avec lui, les yeux baissés.

*
* *

La première chose que fit Brandella en arrivant chez elle fut de se précipiter vers son métier à tisser. Allumant une bougie, elle travailla sur le foulard destiné à Kishpa. Ce serait son cadeau d'adieu. Il le fallait, afin que son amant puisse le conserver jusqu'à la fin de ses jours.

En tissant, elle versa de grosses larmes silencieuses, qui vinrent s'écraser sur les fils colorés. Lorsque le foulard fut enfin terminé, il n'était pas seulement l'expression de son talent, mais aussi de son amour.

La jeune femme le posa tendrement sur son lit. Puis, de ses mains tremblantes, elle saisit une feuille de parchemin et s'assit à son bureau pour écrire.

Mon bien-aimé,

Jamais je ne t'abandonnerais si j'avais le choix. Mais Tanis est venu me chercher, et je ne peux refuser de le suivre. Il vient de ta part, envoyé par la magie que tu posséderas à la fin de ta vie. Il dit que nos existences ne sont que des souvenirs dans ta mémoire. Sur ton lit de mort, tu penses encore à moi. Je t'aime pour ça — et pour tant d'autres choses. Tu ne m'as pas oubliée. J'en ferai autant pour toi, sois-en certain. Porte ce foulard que j'ai tissé avec mes larmes, mais ne pleure pas, car je serai toujours avec toi.

A jamais dans mon cœur,

Brandella

Elle aurait voulu dire tant de choses, mais c'était impossible. Posant le parchemin à côté du foulard, elle se dirigea vers la porte. Puis une pensée lui traversa l'esprit. Elle s'arrêta, leva la tête vers le plafond pour regarder le tableau qu'elle avait peint si longtemps auparavant. C'était bien Tanis qui l'emmenait vers la lumière. Mais son rêve ne lui avait pas appris s'il réussissait. Et s'ils ne pouvaient pas sortir de la mémoire de Kishpa ? Si le demi-elfe parvenait à s'échapper, mais pas elle ? Se rappellerait-il de la petite tisseuse ?

Brandella revint vers son bureau et entreprit de rédiger une deuxième lettre. Lorsqu'elle eut fini, elle la relut, des larmes plein les yeux. Une chose était certaine : Kishpa ne pourrait pas comprendre. Il ne fallait pas qu'il la voie. Elle plia la feuille de parchemin, la plaça dans une boîte métallique en compagnie du porte-plume de bois, mit le tout sous son bras et sortit dans la lumière du crépuscule.

Avant d'arriver à la porte orientale du village, elle s'arrêta à l'endroit où Tanis avait combattu l'araignée géante et y enterra la boîte. Elle en parlerait au demi-elfe. S'il survivait et pas elle, il lirait son message.

*

* *

Perdre l'amitié de Mertwig avait été une rude épreuve ; découvrir la fuite de Brandella fut plus que Kishpa ne pouvait supporter.

Il était debout dans la chambre de la jeune femme, des larmes roulant sur ses joues. Dans une main, il tenait la lettre d'adieu de sa bien-aimée ; dans l'autre, le foulard aux brillantes couleurs.

Mille questions se bousculaient dans son esprit. Brandella disait qu'elle l'aimait. Alors pourquoi était-elle partie ? Pourquoi avait-elle disparu avec un étranger ? Son histoire ne tenait pas debout. Comment le demi-elfe avait-il pu lui faire avaler pareilles balivernes ? Et dans quel but ?

— J'aurais dû le laisser se noyer, souffla Kishpa en levant la tête vers la fresque. Il m'a volé ma Brandella ! Mais je ne m'avoue pas vaincu ! Je saurai la reconquérir, et elle me reviendra plus amoureuse que jamais !

Pourtant, il ne fit pas le moindre geste.

Il n'arrivait pas à croire qu'elle était partie.

*

* *

Ils se tenaient devant la porte orientale du village. Dehors, le sol était couvert du sang de l'ennemi.

— Je craignais que tu n'aies changé d'avis, dit Tanis.

— J'y ai pensé plusieurs fois, admit Brandella. Si je ne connaissais pas bien les pouvoirs de Kishpa, j'aurais pensé que tu délirais. Et je me demande encore si je n'ai pas tort de me fier à toi…

— Inutile que je tente de te convaincre. Tu ne me croiras qu'une fois libre de ce rêve…

— Très bien, dit la jeune femme. J'attends.

Le soleil s'était couché ; le paysage éclairé par la seule lumière des torches du portail. Tanis en prit une et dit, avec une assurance qu'il était loin de ressentir :

— Suis-moi. Nous devons nous rendre en un endroit précis.

Prenant Brandella par la main, il l'entraîna hors du village. L'air était doux, on aurait pu croire qu'ils partaient pour une promenade romantique.

Il jeta un coup d'œil par-dessus son épaule. Quel contraste avec Kit ! Brandella le suivait de son plein gré, dans le but d'exaucer le vœu de l'homme qu'elle aimait. Kitiara n'en avait toujours fait qu'à sa tête. Si quelqu'un s'était fait mener par le bout du nez dans leur histoire, c'était plutôt Tanis.

Mais Brandella... Le demi-elfe soupira.

L'eût-elle aimé, qu'il...

Il se morigéna. A quoi pensait-il ? Il était venu exaucer la dernière volonté d'un mourant, et voilà qu'il envisageait de lui voler ses souvenirs. C'était lui, et non pas Mertwig, qu'on aurait dû condamner.

Mais Brandella lui souriait avec une telle tendresse ! Sa main...

Tanis buta sur une souche et faillit perdre l'équilibre.

— Tout va bien ? demanda la jeune femme en se rapprochant de lui.

Elle sentait les fleurs sauvages ; dans son visage de porcelaine, ses yeux étincelaient.

— Euh, oui, je suppose.

Pour cacher son embarras, Tanis regarda alentour, essayant de déterminer où il se trouvait. Sa torche éclaira la souche sur laquelle il avait trébuché : elle était creuse.

— Nous ne sommes plus très loin. C'est ici que Scowarr m'a sauvé la vie. J'ai dû arriver à peu près là, dit-il en désignant une étendue plate couverte d'herbe.

La main dans la main, ils se dirigèrent très lentement vers l'endroit en question. Tanis se prit à espérer que Brandella, comme lui, cherchait à prolonger cet instant.

— Là, dit-il enfin. Je crois que c'était là.

— Si ça se passait mal..., commença Brandella.

Tanis éclaira le visage de sa compagne. Il y lut une expression étrange qui ne ressemblait en rien à de la peur.

— Tout se passera bien. Kishpa m'a dit que...

— Ecoute-moi, coupa la jeune femme en l'attirant vers elle. Si tu retournais dans ton monde sans moi... Si je ne pouvais quitter la mémoire de Kishpa... Si je disparaissais... va à l'endroit où tu as tué l'araignée géante. J'y ai enterré un coffret pour toi, au pied de la barricade. A l'intérieur, il y a une lettre. Pour toi, Tanis. Tu m'as comprise ?

— Oui, balbutia le demi-elfe, que la proximité de la jeune femme privait de ses moyens. Et, euh... il est temps d'y allcr. Tu es prête ?

Brandella ferma les yeux et hocha la lête.

— Kishpa ! s'écria Tanis en levant la tête. Ramène-nous ! Brandella est de nouveau tienne. Libère-la !

Rien ne se produisit.

— Kishpa !

— Je suis ici, répondit la voix du mage.

Tanis sentit une vague de soulagement déferler sur lui. Il ne mourrait donc pas dans la mémoire du vieil homme !

Alors la pointe d'un couteau s'enfonça entre ses omoplates et il comprit que c'était le jeune Kishpa qui les avait retrouvés.

CHAPITRE XXIV

UN ACCROC DANS LA TRAME DU TEMPS

— Si tu tentes de te retourner, dit Kishpa d'une voix plus tranchante que son couteau, cette lame ressortira par ton estomac.

Tanis se figea ; Brandella se précipita vers le mage.

— Tu ne comprends pas, dit-elle en tendant les mains vers lui.

— Au contraire, affirma Kishpa en secouant la tête. Le demi-elfe t'a farci la tête de mensonges et tu as été assez sotte pour y croire.

— Ce ne sont pas des mensonges, intervint Tanis, toujours immobile. Tu es en train de faire obstacle à ton propre plan.

— Ça m'étonnerait beaucoup, ricana le mage. Le seul obstacle, ici, c'est toi. Mais plus pour longtemps.

— Non ! cria Brandella en plongeant sur lui.

Tanis profita de cette diversion pour s'écarter d'un bond. La lame siffla à ses oreilles. De la main droite, il saisit le bras de Kishpa et tira... Le mage essaya de résister, mais son adversaire était plus fort que lui, et il atterrit à plat ventre deux pas plus loin. Il se redressa, fou de rage.

— Je pourrais te tuer avec ma magie, hurla-t-il, le visage congestionné, mais je préfère le faire à mains nues. Tu es un traître et un voleur. Tu as trahi ma confiance et volé mon amour.

Il se précipita sur le demi-elfe, couteau en avant. Brandella s'interposa entre eux, les bras en croix.

— Arrêtez !

Kishpa ne ralentit pas. Tanis donna un coup de coude à la jeune femme pour l'écarter ; ce faisant, il se rendit vulnérable.

Alors une petite silhouette bondit hors des ténèbres et bouscula Kishpa, l'envoyant s'étaler sur le sol.

Scowarr.

Plus surpris qu'étourdi, le mage se releva très vite. Mais Petites-Epaules resta allongé, immobile, du sang dégoulinant de son nez. Kishpa lui sauta dessus, fou de rage.

Tanis dégaina son épée, qui l'enveloppa d'un halo rouge.

— Laisse-le ! ordonna-t-il. Il n'est pas dangereux. Il n'a pas commis d'autre crime qu'être mon ami.

— C'est assez pour moi ! déclara Kishpa.

— Alors, il te faudra me tuer aussi ! intervint Brandella sur un ton de défi. Parce que je suis l'amie du demi-elfe, tout comme tu devrais l'être si tu avais deux sous de bon sens.

— Tu dis n'importe quoi ! protesta le mage.

Délaissant Scowarr, il marcha sur Tanis.

— Qui t'a amené ici ? Quel maléfice a présidé à ton apparition ?

— Aucun. Seule ta magie m'a envoyé à Ankatavaka.

— Balivernes ! gronda Kishpa.

Il leva le bras pour frapper ; le demi-elfe tenta de bloquer le coup, mais l'arme lui parut soudain trop lourde. Il s'écarta au dernier moment et le couteau de son adversaire n'entailla que sa tunique de cuir.

— Tu ne peux utiliser ton épée contre celui qui l'a enchantée, ricana Kishpa. Prépare-toi à mourir.

Tanis lâcha son arme, mais ne s'enfuit pas pour autant.

— Il est sans défense, s'écria Brandella, se précipitant vers son amant. Vas-tu tuer un homme désarmé ? Ça ne te ressemble pas. Es-tu toujours le Kishpa que j'ai aimé ? Le Kishpa que j'aime encore ?

Elle voulut l'enlacer, mais il la repoussa.

— C'est toi qui oses parler ainsi ? Toi, qui t'es enfuie comme une voleuse, qui as trahi mon amour !

Avec la grâce d'un chat, la jeune femme se dirigea vers Tanis. Levant la torche qu'elle tenait, elle saisit de son autre main le bras du demi-elfe, puis renversa la tête en arrière et dit :

— Kishpa ! O sage magicien, entends-moi depuis les tréfonds de ton esprit. Oublie ta jalousie et ton aveuglement ; ce ne sont que des erreurs de jeunesse. Je te sais bon et généreux. C'est ainsi que je veux te garder en mon cœur. Libère-moi pour que je me souvienne de toi comme tu te souviens de moi.

Personne ne bougea, pas même le mage. Ils attendirent un grondement de tonnerre, un éclair déchirant le ciel. Soudain une colonne de fumée jaillit du sol…

Mais rien ne se produisit.

Kishpa fit un pas en avant.

— Lâche-le, ordonna-t-il à la jeune femme, les dents serrées.

Brandella allait obéir, mais Tanis la retint. L'air ne sentait plus le sous-bois. Il n'avait plus la moindre odeur. Le vent ne les caressait plus. Il avait cessé de souffler. Les étoiles paraissaient avoir été englouties par une gueule noire. Il se passait quelque chose...

Tanis ouvrit la bouche pour prévenir ses compagnons, mais il n'en eut pas le temps. Le monde disparut. Il n'y avait plus ni lumière ni obscurité. Plus de chaleur, plus de froid, plus de sensations. Plus rien n'existait que le battement irrégulier d'un cœur...

Et Brandella.

La jeune femme flottait dans le vide, tenant toujours son bras, pourtant elle semblait à des lieues de lui. Elle remua les lèvres pour dire quelque chose, mais aucun son n'en sortit. Malgré sa vision elfique, Tanis la distinguait à peine. Il tenta de l'attirer contre lui et s'aperçut qu'il ne pouvait pas bouger.

Sans avertissement, le cœur se remit à battre plus vite et plus régulièrement. Les couleurs, les sons et le paysage réapparurent, mais pas la silhouette du jeune Kishpa. Brandella et Tanis marchaient côte à côte ; le demi-elfe trébucha sur une souche et se rétablit juste à temps.

— Tu vas bien ? demanda Brandella.

— Euh... je crois. Et toi ?

— J'ai eu très peur quand Kishpa a failli... (La voix de la jeune femme se brisa.) Quand il a failli mourir. Je l'ai senti plus proche de moi qu'il ne l'avait jamais été. Je lui ai parlé. Il savait que c'était moi, et ça l'a rendu si heureux ! Tu as entendu son cœur recommencer à battre ? Il a tellement envie de vivre !

— Et il a envie de t'aider à vivre, ajouta Tanis. Regarde !

Il désigna la souche devant laquelle ils se tenaient : elle était creuse.

— Tu vois ? Il nous a ramenés un peu en arrière. Il ne veut pas que son moi plus jeune nous rattrape. Il nous offre une seconde chance ; nous devons en profiter. Donne-moi trois longues bandes de tissu.

— Pourquoi ? s'étonna Brandella.

— Je n'ai pas le temps de t'expliquer. Fais-le, s'il te plaît.

La jeune femme déchira le bas de sa chemise par trois fois et lui tendit les morceaux d'étoffe.

— Et maintenant ?

— Glisse-toi à l'intérieur de la souche et emmène la torche.

— Et toi ? protesta Brandella.

— Fais ce que je te dis !

CHAPITRE XXV

DEUXIÈME CHANCE

Tanis s'accroupit derrière la souche. Il entendit Kishpa avant de distinguer sa silhouette.

Il ne voulait pas blesser le mage — mais il n'avait pas non plus envie de se faire tuer. Pourquoi le vieil homme ne les avait-il pas ramenés dans le présent ? Il en avait pourtant eu l'occasion… A moins qu'il ait essayé, et échoué. Tanis secoua la tête. Mieux valait ne pas y penser.

Kishpa se rapprochait. Le demi-elfe devait agir avec précision, sinon le couteau du mage s'enfoncerait dans son corps... Et la lame était longue.

Comme un animal prêt à bondir sur sa proie, il rectifia légèrement sa position. Kishpa se figea. Avait-il senti le danger ? Sa magie l'avait peut-être prévenu.

Le mage sonda les ténèbres, n'y vit rien qui sorte de l'ordinaire et avança vers la souche, comme hypnotisé par la lumière qui s'en échappait. Il se pencha pour regarder à l'intérieur…

Tanis bondit hors de sa cachette, leva le poing…

Une petite silhouette jaillit hors des ténèbres et bondit dans leur direction, l'obligeant à reculer.

Scowarr.

Tanis jura. Il l'avait complètement oublié.

Petites-Epaules tomba sur le séant ; il lui fallut

quelques secondes pour reprendre ses esprits. Kishpa et Tanis s'étaient mis à tourner autour de la souche. Le mage tenait son couteau. Le demi-elfe se garda bien de tirer son épée du fourreau.

— Je ne te veux aucun mal, dit-il d'une voix apaisante.

— Moi, si ! gronda son vis-à-vis, rouge de colère.

— Tanis ! s'écria Brandella.

Kishpa se détourna un instant. Tanis en profita pour se jeter sur lui, tête en avant. Son crâne percuta la poitrine du mage ; ils s'effondrèrent sur le sol.

Le demi-elfe prit rapidement le dessus, mais Kishpa s'agitait comme un beau diable. Avant que son adversaire réussisse à le désarmer, il le blessa au bras et à l'omoplate.

Tanis n'avait plus le choix. Le mage semblait déterminé à le tuer. Il le saisit par les cheveux et lui cogna la tête contre le sol, s'arrêtant lorsque les yeux de Kishpa eurent roulé dans leurs orbites.

Il se releva, la manche droite de sa tunique imbibée de sang.

— Scowarr, aide-moi.

Le petit homme approcha et lui tendit la main.

— Non, je me relèverai seul. Prends plutôt ça, dit le demi-elfe en lui tendant les trois bandes de tissu vert. Ligote-le et bâillonne-le. Fais vite, avant qu'il se réveille et tente de nous jeter un sort.

Pendant que Tanis reprenait ses esprits, Scowarr s'affaira sur le corps inerte de Kishpa.

— Que faites-vous ? demanda Brandella en émergeant de la souche.

Sur son visage, la peur le disputait à la colère.

— Je l'empêche de me transformer en poisson ou en arbre, répondit Scowarr.

— Est-ce nécessaire ? se lamenta la jeune femme en se tournant vers Tanis.

Le demi-elfe se releva à grand-peine.

— Oui, pour que nous puissions prendre de l'avance.

— De l'avance ? Mais pour aller où ? s'étonna Brandella.

— Là où le vieux Kishpa est en train de mourir, expliqua Tanis. C'est sur la route de Solace. Nous devons être trop loin pour qu'il puisse nous ramener.

Les traits de la jeune femme s'adoucirent. Elle baissa les yeux vers Kishpa.

— Je suis si contente que tu aies vécu encore un siècle, murmura-t-elle tendrement.

— Viens, dit Tanis. Nous ne pouvons pas perdre de temps ; tu le sais maintenant.

— J'arrive, répondit Brandella.

Comme elle allait se remettre debout, Kishpa ouvrit les yeux et émit quelques borborygmes étouffés. La jeune femme l'embrassa sur le front.

— Je suis désolée.

Le mage tenta de parler, la suppliant du regard.

— Je t'aime, soupira Brandella. Mais Tanis dit la vérité. Ecoute-moi : j'ai senti battre ton vieux cœur ; je t'ai parlé. Ta présence m'enveloppait. Tu es mourant, et tu te souviens de nous tels que nous étions du temps de notre jeunesse. Tu ne veux pas que je disparaisse lorsque tu... t'éteindras. Tanis est là pour me sauver... C'est toi qui l'a envoyé. Ça a l'air impossible, mais c'est la stricte vérité. J'aimerais tant que tu comprennes...

Elle se pencha sur lui et l'étreignit. Le mage se débattit en grognant de plus belle.

— Allons-y, dit Scowarr d'une voix pressante.

— Pas toi. Tu ne viens pas, rétorqua Tanis.

— Ah oui ? Notre ami ici présent finira bien par se détacher. Et ce qu'il me fera s'il me met la main dessus n'aura rien de drôle. Or, il se trouve que c'est mon métier d'être *drôle*. Alors je suis bien obligé de vous accompagner...

CHAPITRE XXVI

LES GOBELINS À L'AUBE

Voyager de nuit était dangereux. Mais Tanis, Scowarr et Brandella n'avaient pas le choix.

Ils devaient affronter les ténèbres.

Munis de leur unique torche, ils prirent la route de l'est. Ils n'avaient pas parcouru une lieue que Brandella ordonna :

— Arrêtez-vous !

— Que se passe-t-il ? demanda Scowarr, inquiet.

Plus il s'éloignait d'Ankatavaka, plus il sentait sa bravoure disparaître en fumée.

— Approche la torche de Tanis... Là. C'est bien ce que je pensais, dit la jeune femme sur un ton de reproche. Du sang. Pourquoi ne m'en as-tu rien dit ?

— Je...

— Peu importe. Je sais ce que tu vas répondre : que tu ne voulais pas m'inquiéter, que ça ne faisait pas mal, ou une autre idiotie de ce genre. Mais ça ne m'empêchera pas de te soigner.

— Nous n'avons pas le temps, protesta le demi-elfe.

— Tiens-toi tranquille, dit fermement Brandella. Tu as failli perdre la vie pour moi ; le moins que je puisse faire est de risquer mon avenir pour toi. Assieds-toi sur cette pierre.

Il était inutile de discuter. Tanis laissa la jeune femme inspecter ses blessures, les nettoyer et les bander à l'aide d'un autre morceau de tissu, prélevé cette fois sur les vêtements neufs de Scowarr (ce qui n'alla pas sans protestations de la part du petit homme).

Puis ils se remirent en route. Ils marchèrent toute la nuit, s'arrêtant seulement pour permettre à Brandella de vérifier les bandages de son compagnon.

— Nous avancerons mieux demain si nous nous reposons un peu, suggéra enfin Scowarr après s'être étalé pour la dixième fois. Nous sommes épuisés.

— Il a raison, approuva Brandella.

Tanis acquiesça à contrecœur. Ils s'allongèrent sur le bas-côté ; Scowarr offrit de prendre le premier tour de garde.

Dix minutes plus tard, il ronflait.

*
* *

Tanis s'éveilla en sursaut. Clignant des yeux dans la lumière grise de l'aube, il s'aperçut que la torche s'était éteinte. Il s'assit, tendit l'oreille. Un cri étouffé montait au loin, se mêlant aux ronflements de...

— Scowarr ! tonna le demi-elfe en saisissant son arme.

Le petit homme ouvrit de grands yeux embrumés par le sommeil.

— Hein ?

Brandella se leva en silence et s'approcha de Tanis. Sur l'herbe tendre, ses pieds ne faisaient pas plus de bruit que ceux d'une biche.

— Suivez-moi, souffla le demi-elfe, et tâchez de ne pas faire de bruit. Ne vous montrez pas si vous pouvez l'éviter.

Il s'élança dans la direction d'où provenait le cri. Arrivant à un tournant du chemin, il comprit qu'il était tout proche et ralentit.

A la lisière de la forêt, quatre gobelins attaquaient Mertwig le nain et sa femme Yeblidod. Celle-ci hurlait, bombardant leurs agresseurs de pierres. Gravement blessé, Mertwig continuait à se battre, unc dent de gobelin plantée dans sa jambe droite. Il jouait vaillamment de la hache, mais ses adversaires étaient trop nombreux.

Tanis chargea en poussant un cri de guerre. Les gobelins, qui adoraient se battre tant qu'ils avaient l'avantage du nombre, ne parurent pas s'affoler. Cela faisait toujours deux contre un — et le nain n'était plus en état de faire grand-chose.

Le plus grand des monstres fit volte-face pour affronter Tanis. Il tenait une épée dans une main et un fémur humain dans l'autre. D'un mouvement du poignet, il voulut abattre cette arme répugnante sur la tête du demi-elfe. Celui-ci para avec adresse, coupant l'os en deux.

Le gobelin lâcha sa massue, désormais inutile, grogna quelque chose dans sa langue, puis leva son épée. Le demi-elfe bloqua le coup et lança son poing gauche dans la figure de son adversaire. Celui-ci s'effondra, crachant ses dents de devant.

Surpris par les prouesses guerrières du nouveau venu, les trois autres monstres délaissèrent Mertwig pour se tourner vers Tanis. Les deux premiers se placèrent face à lui tandis que le troisième essayait de le contourner en balançant sa hachette.

Il allait fendre le crâne du demi-elfe lorsqu'une pierre l'atteignit au visage, pulvérisant son nez et sa joue gauche.

Que ce soit avec des flèches ou des projectiles, Brandella faisait toujours mouche.

Scowarr se précipita sur le gobelin pour s'assurer que celui-ci ne se relèverait pas.

— Es-tu le genre de pauvre bougre qui, s'il pleuvait de la soupe, n'aurait qu'une fourchette à la main ? ironisa-t-il en lui prenant son arme.

Avant que la créature n'ait le temps d'apprécier son humour, il lui trancha la gorge.

Les deux gobelins restants montrèrent les dents — ils n'aimaient pas la tournure des événements. Tanis embrocha le plus petit, mais celui-ci saisit la lame à pleines mains. Pendant que le demi-elfe essayait de la dégager, le dernier gobelin lui abattit le plat de sa hache sur l'épaule, au même endroit que Kishpa avait blessé quelques heures plus tôt. Tanis gémit, recula et faillit trébucher sur une grosse racine. Le gobelin fit une grimace triomphante et se prépara à donner le coup de grâce. Mais celui de Mertwig, plus rapide, lui fit exploser le crâne.

— Ça t'apprendra à m'ignorer, grommela le nain en crachant sur le cadavre.

*
* *

Tanis ôta la dent plantée dans la jambe de Mertwig, puis céda la place à Yeblidod pour qu'elle s'occupe de son mari. Le nain était gravement blessé ; qu'il ait pu se battre si longtemps tenait du miracle.

— Vous m'avez sauvé la vie une deuxième fois, dit humblement Tanis.

Mertwig secoua la tête et réprima une quinte de toux. Un peu de sang perla au coin de ses lèvres.

— Vous êtes venu à mon secours deux fois, lâcha-t-il d'une voix rauque. Vous étiez là quand... quand j'en avais le plus besoin. Je ne l'oublierai pas.

— Chut, dit doucement Yeblidod. Repose-toi.

— Que faisiez-vous sur le chemin de Solace ? demanda Brandella, intriguée.

— Nous partions en exil, répondit la naine en épongeant le front de son mari à l'aide d'un linge humide. Canpho a insisté pour que Mertwig passe en jugement, et mon mari ne l'a pas supporté. Nous avons quitté le village hier soir.

— Sur un coup de tête ? Après toutes ces années ?

— Oui. Je ne voulais pas, mais Mertwig y tenait. Nous avons mis nos biens dans une voiture à bras et nous sommes partis.

— Je croyais que votre voiture était tombée de la falaise quand tu as essayé de sauver Tanis ! reprit la jeune femme.

— Un voisin nous a prêté la sienne. Quoi que Mertwig en dise, nous avons encore des amis à Ankatavaka, dit Yeblidod en rougissant.

Tanis regarda le nain, qui semblait endormi, et décréta :

— Vous ne pouvez pas continuer. Mertwig est trop mal en point. Vous devez rentrer au village, quoi qu'il vous en coûte.

Le nain rouvrit brusquement les yeux.

— Non, gémit-il en tendant un bras vers Tanis. Je ne veux pas y retourner.

— Pourquoi ? demanda Brandella.

Mertwig détourna le regard.

— Parce que... je n'ai plus d'amis à Ankatavaka.

— Bien sur que si, insista la jeune femme. Et Kishpa ?

Le nain secoua la tête, une infinie tristesse au fond des yeux. Brandella sentit les siens se remplir de larmes et s'éloigna pour cacher son trouble.

Mertwig fit signe à Tanis d'approcher.

— Où est Scowarr ? demanda-t-il en saisissant la main du demi-elfe.

— Il monte la garde. Voulez-vous que j'aille le chercher ?

— Non, le coupa Mertwig. C'est à vous seul que je veux parler. Pendant que je le peux encore.

— Oui ?

Le nain se mordit les lèvres et étudia le visage de son interlocuteur.

— Je ne peux... pas le raconter à Yeblidod... ni à Kishpa... Mais... il faut que quelqu'un sache.

— Sache quoi ? demanda doucement Tanis.
— La vérité. Avant que je meure. Je ne veux pas l'emporter dans la tombe.
Le demi-elfe ouvrit la bouche pour protester, mais à quoi bon ? Mertwig agonisait, et il le savait.
— Je vous écoute.
— Je suis coupable... coupable, dit le nain en frissonnant. J'ai volé... pour acheter la boule de verre. Mais je ne pouvais pas l'admettre... Pas devant Yeblidod. Vous comprenez ?
Tanis allait répondre lorsque Scowarr se précipita vers lui.
— Quelqu'un arrive ! s'écria-t-il, très agité. Je pense que c'est Kishpa. Il faut partir !
Tanis leva une main pour l'interrompre et se retourna vers Mertwig pour lui dire qu'il comprenait.
Mais le vieux nain était déjà mort.

CHAPITRE XXVII

RETOUR À SOLACE

Le demi-elfe entraîna Brandella et Scowarr à l'abri d'un bosquet voisin.

— Il ne devrait plus tarder, chuchota le comique.

Kishpa apparut bientôt au détour du chemin, sa tunique écarlate voletant à chacune de ses longues enjambées. Il avait l'air sinistre et déterminé.

Brandella voulut se porter à sa rencontre : elle savait ce que son amant ressentirait en découvrant la mort de Mertwig. Tanis la saisit par le bras pour l'en empêcher.

— Yeblidod s'occupera de lui.

La jeune femme hocha la tête et sanglota tout bas.

— Nous allons faire le tour du camp et rejoindre le chemin, ajouta le demi-elfe en passant un bras autour de ses épaules. Allons-y.

*

* *

Ils marchèrent, ignorant si le jeune Kishpa les suivait.

Il leur fallut deux jours pour atteindre la forêt où, un siècle plus tard, Tanis survivrait à un terrible incendie. Le demi-elfe conduisit Brandella à l'endroit où il avait laissé le magicien.

— C'est ici qu'il est en train de penser à vous.

La jeune femme s'agenouilla dans l'herbe humide.

— Je me demande à quoi il ressemble à plus de cent ans, murmura-t-elle, songeuse.

Tanis, qui voulait éviter de parler des ravages causés par les flammes, chercha désespérément une réponse. Par chance, Scowarr choisit cet instant pour approcher.

— Ainsi c'est là qu'on se sépare ? fit-il tristement.

— En principe. Dis-nous au revoir, mon ami.

Le petit homme les étreignit tour à tour.

— Je déteste les adieux, avoua-t-il. Ils ne sont jamais drôles.

Tanis hocha la tête.

— Je penserai souvent à toi.

Brandella embrassa Scowarr sur la joue.

— Autant que tu veux, rétorqua l'humain. Moi, c'est surtout d'elle que je me souviendrai.

Et malgré, ou peut-être à cause de tout ce qui s'était produit au cours des derniers jours, ils éclatèrent de rire.

— Génial, s'écria Scowarr en feignant l'indignation. C'est maintenant que j'arrive à te faire rigoler !

Le moment était venu.

Petites-Epaules recula. De loin, il regarda Tanis et Brandella, les mains jointes, appeler Kishpa pour que le vieux mage les ramène dans le présent.

Ils chantèrent son nom.

Ils le crièrent.

Ils l'implorèrent.

Mais rien ne se produisit.

— Déjà de retour ? pépia Scowarr.

*
* *

Tanis s'éloigna de la mare et s'enfonça dans les bois. Ses muscles lui faisaient mal, et il avait la migraine à force de chercher une solution. Enfin, il avait dû se rendre à l'évidence : il ne quitterait jamais cet endroit. Il avait essayé et échoué.

La solitude lui serrait la gorge. Il avait promis de retrouver ses compagnons après cinq ans à l'*Auberge du Dernier Refuge*. Mais il n'assisterait jamais à leur réunion. Ils se demanderaient sans doute ce qui lui était arrivé... Kit penserait qu'il l'évitait ; Sturm et Caramon voudraient partir à sa recherche ; Raistlin sourirait d'un air méprisant et empêcherait son jumeau de se lancer dans cette aventure. Le jeune magicien devinerait-il qu'un de ses confrères était responsable de sa disparition ? Sans doute pas...

Tass aurait de la peine, mais pas très longtemps — les kenders sont ainsi.

Tanis s'inquiétait plus au sujet de Flint. Le vieux nain avait été presque un père pour lui. Il aurait du mal à accepter son absence. Sous ses airs grincheux, son cœur pourrait bien se briser. Il devinerait que seule la mort avait pu empêcher le demi-elfe de tenir sa promesse.

Tanis souhaitait désespérément épargner ce chagrin à Flint.

Soudain, une idée lui traversa l'esprit.

Il existait un moyen...

Il revint en courant vers le bord de la mare. Puisqu'il allait bientôt plonger dans les ténèbres éternelles, le mieux à faire était de trouver Flint pour passer ses dernières heures avec lui. Le nain avait eu une longue vie ; de tous les amis du demi-elfe, c'était le seul qui était déjà né à l'époque.

Tanis accéléra sa course. Il émergeait du couvert des arbres quand tout changea autour de lui. La mare, la végétation et les collines disparurent, remplacés par un village niché dans les arbres.

Solace...

Il lui aurait fallu plusieurs jours de marche pour arriver là. Mais son souhait avait été exaucé...

L'air aussi abasourdis que le demi-elfe, Brandella et Scowarr attendaient, assis au pied de l'arbre massif qui abritait l'*Auberge du Dernier Refuge.*

— Comment sommes-nous arrivés ici ? demanda le comique.

— Je l'ignore. A moins que Solace ne fasse aussi partie des souvenirs de Kishpa, répondit Tanis. (Il se tourna vers Brandella.) J'ignore le temps qui nous reste, mais tu dois le passer avec celui que tu aimes. Trouve Kishpa.

Murmurant un au revoir, il s'éloigna sans se retourner.

*
* *

Tanis toqua à la porte. Au village, la maison de Flint était la seule à se trouver au niveau du sol. Pour aller vider quelques chopes chez Otik, le nain réussissait à surmonter sa peur de l'altitude. Mais pour dormir, il se sentait plus en sécurité sur la terre ferme.

— Qui est là ? demanda une voix pâteuse.

— Un ami, répondit Tanis.

— Impossible. Je n'ai pas — hic ! — d'amis.

— C'est faux.

— Tu me traites de menteur ?

Le demi-elfe entendit le raclement d'une chaise qu'on repousse.

— Non. Mais tu ne connais pas tous tes amis, expliqua-t-il en hâte.

— Pff ! Ça m'étonnerait, grommela le nain.

— Ecoute, Flint, tu pourrais m'ouvrir ? Je ne tiens pas à poursuivre cette conversation à travers ta porte.

— Tu connais mon nom ?

Des pas approchèrent. Tanis espéra que le nain n'avait pas saisi sa hache au passage. Il se racla la gorge…

— Je sais des tas d'autres choses sur toi. Par exemple que tu as treize frères et sœurs…

Un silence.
— Qui t'a dit ça ?
— Toi.
— Impossible !
— Je t'en prie, ouvre la porte !
Tanis entendit jouer le loquet. Le battant s'ouvrit, révélant un Flint beaucoup plus jeune que dans son souvenir, mais aussi beaucoup plus soûl. Le visage n'était pas encore ridé, le nez rond n'avait pas encore pris un aspect bulbeux, et seul un petit bedon présageait de son futur embonpoint. Les joues rouges étaient là, ainsi que la barbe en broussaille et les yeux brillants. Submergé par l'émotion, Tanis balbutia :
— Je t'ai trouvé !
Flint ne parut pas impressionné.
— Félicitations. Maintenant, tu peux me perdre.
Et il s'apprêta à refermer la porte.
— Attends ! s'écria Tanis.
— Quoi encore ? soupira le nain.
— Je voudrais te parler.
Le demi-elfe savait que son ami ne le reconnaîtrait pas, mais ça ne changeait rien…
— Ecoute, mon gars, je ne sais pas qui tu es. Ta voix, ton visage, ton odeur ne me disent rien. Tu as l'air d'avoir pris un coup de trop sur la tête, voilà tout.
Etrangement, le nain ne pouvait pas résister à l'élan qui le poussait vers l'étranger hagard qui se tenait devant lui. Peut-être à cause du désespoir qu'il lisait sur le visage de l'inconnu. Ou parce qu'il était soûl.
— De quoi veux-tu parler ? finit-il par demander d'un ton bourru. Si c'est pour affaires, je ne traite qu'à l'auberge, devant une bonne chope de bière.
— Alors, je t'invite à manger une assiette de patates épicées d'Otik, offrit Tanis.
— Otik ? Qui c'est, ça ? demanda le nain en fronçant les sourcils.
Le demi-elfe secoua la tête. Evidemment. L'aubergiste ne devait même pas être né.

— Peu importe. Disons que je t'offre une bière.

*
* *

Assis en face de Flint à l'*Auberge du Dernier Refuge*, Tanis regarda autour de lui. Les murs étaient tachés de suie, les fenêtres si sales qu'on ne pouvait dire s'il faisait jour ou nuit. Le sol n'avait pas dû être nettoyé depuis un bon mois et l'odeur qui planait dans l'air défiait toute description. Tanis adressa un remerciement mental au futur Otik.

L'aubergiste actuel était un homme grand et osseux, au nez crochu et aux yeux verts. Sa tenue était aussi négligée que son établissement.

Flint l'appelait simplement « Hé, Toi ! ».

Mais Tanis se moquait bien de l'auberge et de son propriétaire. La seule chose qui importait était la présence de son vieil ami.

— Alors, mon gars, tu veux acheter un de mes jouets en bois ? demanda le nain en sifflant la moitié de sa bière d'un trait.

— Non, je... je voulais juste savoir comment tu allais, répondit Tanis en rougissant.

Flint plissa les yeux. Il essaya de réfléchir. Ça n'avait rien d'évident avec la bière qui coulait dans ses veines.

— Ce que je veux dire, reprit le demi-elfe, c'est... comment t'en sors-tu sans personne pour t'aider ?

— Pff ! Je n'en ai pas besoin !

— Pour l'instant, tu es encore jeune, concéda Tanis. Mais un jour viendra où tu n'auras plus envie de tenir toi-même tes livres de comptes, de te battre pour récupérer l'argent qu'on te doit...

Flint vida sa chope et s'écria :

— Hé, Toi ! Apporte-m'en une autre !

L'aubergiste avait prêté une oreille attentive aux propos du demi-elfe.

— Une chose est sûre, mon jeune ami : Flint aurait

besoin de quelqu'un pour le sortir d'ici quand il a trop bu, dit-il en passant un chiffon douteux sur la table.

Tanis sourit. Lorsque Flint et lui étaient marchands ambulants, il avait dû traîner le vieux nain hors de presque toutes les tavernes du continent.

Mais cela n'arriverait pas avant plusieurs dizaines d'années…

— Un jour, dit-il doucement, tu auras un apprenti qui fera tout ça à ta place.

— Ah ! ricana le nain. Le jour où j'aurais un kender pour ami !

Tanis faillit s'étrangler. L'aubergiste lui versa une pinte de bière pour l'aider à faire descendre son repas. Le demi-elfe but avec gratitude ; il reprenait son souffle lorsqu'une main se posa sur son épaule droite.

— Je te cherchais, dit la voix de Kishpa.

CHAPITRE XXVIII

AVEC L'AIDE DE MON AMI

Tanis en avait assez de fuir le mage, et plus encore de n'entendre que son nom sur les lèvres de Brandella. Sentant la rage monter en lui, il saisit la main posée sur son épaule et tira de toutes ses forces. Kishpa fit un vol plané au-dessus de sa tête et alla s'écraser sur une table de bois, qui se brisa sous le choc.

— Et moi qui voulais que tu empêches Flint de se battre, gémit l'aubergiste en ajoutant le prix du mobilier sur la note.

— C'est qu'il n'est pas mauvais du tout..., dit le nain d'un ton approbateur.

Tanis se leva et bondit vers le mage.

— Oui, mais pourra-t-il rembourser les dégâts ? se plaignit l'aubergiste.

— Je paierai tout ce qu'il cassera, offrit généreusement Flint. Je n'ai pas vu une bonne bagarre depuis...

— Depuis ce matin, termina l'aubergiste, l'air sévère.

— Ça m'aide à digérer, expliqua le nain. Tu as vu ce direct à l'estomac ? Ça, c'est du coup de poing !

— L'autre encaisse pas mal...

Malgré l'avalanche de coups, Kishpa ne reculait pas. Et il ne cherchait pas non plus à se défendre.

Haletant, le demi-elfe souleva son adversaire à bout de bras et le projeta contre le mur le plus proche. Le mage retomba sur le sol.

— Au moins, ils n'ont rien cassé d'autre, soupira le propriétaire des lieux.

— Tout ça m'a donné soif, grogna Flint.

Tanis se dirigea vers le mage pour l'aider, mais celui-ci se releva seul. Le demi-elfe s'arrêta net.

— Sage décision, ricana Kishpa. Ma magie m'a protégé de tes attaques, mais qui te protégera des miennes ?

— De la magie ? protesta Flint en bondissant sur ses pieds. Ça n'est pas du jeu !

Sans s'arrêter à ces considérations, Tanis saisit une chaise et l'abattit sur le crâne de Kishpa, au contact duquel elle se brisa. L'aubergiste poussa un soupir et griffonna quelques chiffres supplémentaires sur la note.

— Où est Brandella ? demanda le mage.

— Je l'ignore, répondit Tanis avec un sourire narquois. Tu l'as manquée de peu.

Il ne vit pas bouger les mains de Kishpa ; pourtant, des poings invisibles s'enfoncèrent dans ses côtes et dans son estomac avec une telle force qu'il s'effondra sur le plancher.

— Par la barbe de Réorx ! rugit Flint en chargeant, tête baissée.

Il cueillit Kishpa dans le creux des reins. Pris par surprise, celui-ci tomba en avant et atterrit sur Tanis.

— Ça t'apprendra à te servir de magie ! déclara le nain, satisfait.

Le mage murmura quelques mots ; Flint fut soulevé dans les airs comme une marionnette.

— Hé, toi, fais-moi descendre ! hurla-t-il en gesticulant.

L'aubergiste haussa ses minces épaules.

— Moi, je veux bien. Mais comment ?

— Ce n'est pas à toi que je parle, c'est à lui !

tempêta le nain, collé au plafond. Le mage ! Ramène-moi à terre et bats-toi à la loyale !

— Parce que vous trouvez équitable de vous mettre à deux contre moi ? demanda calmement Kishpa.

— Le petit gars était déjà assommé quand je t'ai sauté dessus, s'indigna Flint en essayant (en vain) de donner des coups de pied.

Tanis gémit et tenta de se relever. Kishpa le saisit par le col de sa tunique.

— Non ! cria une voix près de la porte.

Le visage du mage s'éclaira et un sourire se peignit sur ses lèvres. Lâchant Tanis, il se précipita vers Brandella. Flint retomba sur le sol.

— Merci beaucoup, grommela-t-il en ôtant les échardes de sa barbe.

— Je t'ai cherchée partout, déclara Kishpa en prenant sa bien-aimée dans ses bras.

Passant la tête derrière la jeune femme, Scowarr se glissa dans l'auberge sur la pointe des pieds.

Brandella se dégagea de l'étreinte du mage.

— Que se passe-t-il ? demanda Kishpa, blessé par son attitude.

Il la regarda se précipiter vers Tanis, qui se remettait debout tant bien que mal.

— Pourquoi as-tu fait ça ? s'exclama la jeune femme sur un ton accusateur.

— Parce qu'il le méritait, répondit le mage en levant le menton. J'aurais pu le tuer, mais je m'en suis abstenu. Après tout, il a un voyage à faire... Et toi aussi.

Brandella leva les yeux vers lui.

— Tu veux dire que tu n'es pas venu nous arrêter ? demanda-t-elle, pleine d'espoir.

Kishpa secoua la tête. Se jetant à son cou, la jeune femme l'embrassa sur la joue, puis sur les lèvres. Grognant, Tanis se détourna et se laissa tomber sur une chaise.

— C'est ce que j'essayais de dire sous le bâillon.

Mais personne n'a voulu m'écouter. Alors je vous ai couru après parce que... parce que je vous crois.

— Dans ce cas, pourquoi t'être battu avec moi ? grommela Tanis, dégoûté.

— C'est toi qui a commencé.

— Ah, les hommes ! s'exclama joyeusement Brandella. (Puis, d'un air songeur :) De toute façon, ça n'a plus d'importance. Il semble que nous ne puissions pas partir.

— Tu as tort. Vous le pouvez, à condition que ma magie soit assez puissante, dit Kishpa.

Tanis cligna des yeux, essayant de se rappeler les paroles exactes de Clotnik. Le nain avait dit que Kishpa les ramènerait, mais il n'avait pas précisé *quel* Kishpa. Le demi-elfe éclata d'un rire amer. Depuis le début, il demandait de l'aide au mauvais mage et fuyait le bon !

— Je suis désolée pour Mertwig, dit Brandella en caressant le visage de son amant.

Kishpa baissa la tête.

— C'est aussi pour cette raison que je tenais à vous rattraper. J'ai eu tort de ne pas aider Mertwig, et il est mort. Je ne veux pas prendre le même risque avec toi.

Brandella étreignit son bien-aimé

— J'aimerais comprendre ce qui se passe, marmonna Flint.

— Dans ce métier, on en voit des vertes et des pas mûres, soupira « Hé, Toi » en versant une autre chope de bière.

Titubant jusqu'à Brandella et Kishpa, Tanis se racla la gorge pour attirer leur attention.

— Il vaudrait mieux ne pas trop tarder.

A regret, le mage se dégagea.

— Je ne sais pas si ça marchera. J'ai passé mes sorts en revue pour trouver une combinaison qui produise l'effet désiré. Mais je n'ai encore jamais rien tenté de semblable...

— Il faut toujours une première fois, grommela Tanis.

— Je sais. Mais avant, j'aimerais rester un moment seul avec Brandella.

Le demi-elfe boitilla jusqu'au bar et se hissa tant bien que mal sur un tabouret.

— Tu t'es bien débrouillé, mon gars, dit Flint, l'air approbateur. Mais la prochaine fois, n'oublie pas la règle d'or.

Il se pencha vers le demi-elfe et lui chuchota à l'oreille :

— On ne se bat jamais, *jamais* contre un magicien.

Tanis recula devant l'haleine chargée de son ami.

— Dans ce cas, pourquoi es-tu venu à mon secours ?

— Bof... Tu semblais en avoir besoin. Au fait, tu ne m'as toujours pas dit qui tu étais...

— Il s'appelle Tanis, l'informa Scowarr, qui avait rejoint le trio. Mais il ne rit jamais à mes blagues.

— C'est qu'elles ne doivent pas être drôles. Si ? Raconte-m'en une, pour voir...

Le petit homme s'assit à côté du nain et commença à lui parler à voix basse. Jugeant que les adieux avaient assez duré, Tanis se dirigea vers le couple. A sa grande surprise, le mage s'écarta de la jeune femme.

— Demi-elfe, je n'aurais remis la vie de Brandella en les mains de nul autre. Je te remercie d'être venu la chercher. Tu as risqué ta vie pour elle et pour moi, et je t'en suis très reconnaissant.

Tanis lui posa une main sur le bras.

— Amuse-toi bien entre... maintenant... et... plus tard...

Kishpa hocha la tête et ne répondit rien. Reculant, il lança à Brandella un dernier regard plein d'amour et ferma les yeux. Ses lèvres remuèrent. Au début, Tanis n'entendit rien ; bientôt, la voix du mage se fit impérieuse...

Au même moment, Flint éclata d'un rire tonitruant. Tanis sourit. Scowarr avait enfin trouvé un public qui l'appréciait.

Un tourbillon d'images naquit dans son esprit. Il vit le bosquet calciné près de la mare, les cendres flottant à la surface de l'eau. Il entendit la respiration laborieuse du vieux Kishpa. Tout était tangible et impalpable à la fois.

Brandella et lui descendaient en flottant. Déjà, une odeur de brûlé leur chatouillait les narines ; ils sentaient la chaleur du soleil sur leur visage.

Alors ils arrivèrent au niveau du sol, qui leur sembla assez solide pour prendre pied. Mais quelque chose avait changé. Tanis fronça les sourcils. La respiration s'était tue. Lentement, le paysage se désintégra sous ses yeux. Les odeurs s'évanouirent. Tout disparut.

Le demi-elfe tenait toujours la main de Brandella, mais il ne la voyait plus…

Kishpa avait perdu son dernier combat.

Tanis et sa compagne risquaient de flotter à jamais dans ce monde éthéré né d'un esprit qui ne ressentait plus rien.

Puis ils distinguèrent une lueur dans le lointain. Minuscule mais vive, elle se rapprochait à toute allure — à moins que ce ne fût le contraire.

Etait-ce un soleil ?

Une lune ?

Un feu prêt à les consumer ?

[illegible]
le monde [illegible], [illegible] aux [illegible]
à la surface de l'eau. Il [illegible] la [illegible]
[illegible] du vieux [illegible]. L'[illegible] sang [illegible]
bit à la fois.

Néméda et lui [illegible] en [illegible]. [illegible]
[illegible] de brûlé leur [illegible] les narines. Ils sen[illegible]
[illegible] la chaleur du soleil sur leur visage.

Alors ils [illegible] au niveau du sol, qui leur sem-
bla assez solide pour prendre pied. Mais [illegible]
[illegible] avait [illegible]. Tous [illegible]
inspiration [illegible]
désintégra sous ses yeux [illegible]
Tout disparut.

Le démiurge [illegible] la main de [illegible]
mais il ne la [illegible] plus.

Il avait perdu son dernier combat.

[illegible] et sa [illegible] de [illegible]
dans le [illegible] d'un esprit qui [illegible]
[illegible].

[illegible] ils [illegible] dans le [illegible]
[illegible]

— À moins que ce [illegible]

Est-ce un soleil ?

Une lune ?

Un feu prêt à les consumer ?

TROISIÈME PARTIE

CHAPITRE XXIX

LA VIE APRÈS LA MORT

La lumière n'était ni une étoile, ni une lune, ni un soleil : juste une ouverture au bout d'un immense tunnel. Quand Tanis et Brandella émergèrent enfin des ténèbres, ils tombèrent sur un lit de fleurs aux couleurs vives, entouré d'arbres hauts au feuillage pourpre.

Aveuglés par la lumière, ils clignèrent des paupières.

— Brandella ? appela Tanis. Tu es là ? Tu vas bien ?

La voix de la jeune femme arriva jusqu'à lui au milieu des taches rouges, orange, violettes et jaunes qui dansaient devant ses yeux.

— Ça va, rien de cassé. Et toi ?

— Ça va aussi. Enfin je crois.

— Je me demanda où nous sommes....

— Dans mon jardin ! tonna une voix masculine très en colère. Et vous êtes en train de piétiner mes fleurs !

Se dirigeant vers l'endroit d'où provenait le son, Tanis écrasa une tache rose sous sa botte.

— Ne bougez pas ! s'écria l'invisible propriétaire de la voix. Vous avez déjà fait assez de dégâts comme ça. Attendez que vos yeux s'habituent.

Le demi-elfe et sa compagne se figèrent.

— Euh... à part dans votre jardin, où sommes-nous exactement ? demanda Tanis.

— Comment ? Vous l'ignorez ? Mais dans le royaume de la Mort ! Tous ceux qui viennent ici le savent !

Des parterres de fleurs dans le royaume de la Mort ? On nage en plein délire, songea le demi-elfe.

— C'est impossible, protesta Brandella. Nous sommes vivants — enfin, je crois. Nous sommes vivants, non, Tanis ?

— Je n'en sais rien, admit le demi-elfe. J'espère que oui.

Petit à petit, le paysage se dessina sous leurs yeux. Ils distinguèrent les arbres, les fleurs et le propriétaire du jardin. Celui-ci était un humain d'âge mûr portant une barbe et une moustache élégamment taillées. Au-dessus de son pantalon immaculé, une ample tunique laissait voir ses bras musclés.

Des douzaines de pétales s'étaient nichés dans les cheveux bouclés de Brandella. La jeune femme regarda Tanis en riant, et le demi-elfe comprit que ses tresses rousses devaient avoir subi le même sort.

— Ça y est, vous voyez mieux ? gronda l'inconnu. Si vous voulez bien sortir de là...

Ils s'exécutèrent sur la pointe des pieds. L'homme mesurait une demi-tête de plus que Tanis. Brandella fit de son mieux pour gagner ses bonnes grâces.

— Je n'avais jamais vu d'aussi belles fleurs, dit-elle en s'agenouillant pour respirer une jonquille aux pétales tachetés de rose et de rouge.

— Elles datent de l'Age des Rêves, expliqua le propriétaire, radouci. Cela fait longtemps qu'on n'en rencontre plus sur Krynn.

Brandella leva un regard surpris.

— Mais... elles ne sentent rien.

— Je sais, c'est dommage, soupira l'homme. Mais voyez-vous, elles sont mortes, comme tout ce qu'on trouve ici.

— A part nous, corrigea Brandella.

— Si c'est le cas, vous ne tarderez pas à le regretter, dit le jardinier en tournant les talons.

Tanis et sa compagne lui emboîtèrent le pas sur le chemin de dalles orangées.

— Pourquoi ?

— Parce que vous allez mourir de faim, expliqua l'homme sans se retourner. Il n'y a rien à manger. Tout est mort : les animaux, les fruits et même les arbres. Si vous ne repartez pas très vite, vous ne tarderez pas à partager leur sort.

Ils arrivèrent au pied d'une petite colline couverte de fleurs blanches, au milieu desquelles on distinguait quelques taches sombres.

— Mais comment faire ? s'enquit Tanis. Existe-t-il un moyen ?

Sans répondre, l'homme tendit le doigt vers le talus.

— Il est à moi. J'aimerais qu'il soit plus petit et plus blanc, dit-il humblement, mais c'est le mieux que j'ai pu faire de mon vivant.

— C'est très joli, répondit le demi-elfe par pure politesse. Ecoutez, il faut que nous sortions d'ici. Vous devez nous aider !

L'homme se retourna et, rapide comme l'éclair, le saisit à la gorge. Tanis essaya de se dégager, mais la poigne de l'inconnu était aussi redoutable que celle de la mort elle-même. Des taches bleues se mirent à danser devant ses yeux.

Le demi-elfe allait s'évanouir quand l'homme le lâcha enfin.

— Joli ! s'écria-t-il, l'air très en colère. C'est tout ce que vous trouvez à dire ! Regardez autour de vous et dites-moi ce que vous voyez !

Tanis s'exécuta, mais il avait trop de mal à respirer pour articuler un mot. Brandella dut le tirer d'embarras.

— Des centaines, peut-être des milliers de montagnes noires... d'un bout à l'autre de l'horizon, dit-elle d'une voix hésitante.

— Exactement, acquiesça l'homme, livide de rage.

Il avait dû être un adversaire formidable de son vivant, songea Tanis.

— La mienne est blanche et petite. Ces pics symbolisent les mensonges et les crimes commis par mes voisins. Voici ma colline… Oh, je n'étais pas parfait ; j'avais mes défauts, comme tout le monde.

— Trop d'orgueil ? Un caractère de cochon, peut-être ? laissa échapper Tanis.

Le jardinier lui lança un regard surpris. Un petit sourire releva les coins de sa bouche.

— Bien vu, dit-il, une nuance de respect dans la voix. Quant à votre requête, laissez-moi vous dire que votre sort m'indiffère totalement. De toute façon, vous seriez arrivés ici un jour ou l'autre.

Brandella fit un pas vers lui.

— Avec tout le respect que je vous dois, commença-t-elle d'une voix douce, je ne suis pas d'accord. Chacun doit finir ici… mais il y a peut-être des gens qui y viennent avant l'heure. Je ne parle pas de ceux qui meurent jeunes, mais de ceux qui n'ont pas accompli leur destinée. Il doit exister un moyen de sortir de ce royaume. Pourquoi ne pas nous le dire ?

— J'aime mieux ça, approuva l'homme en hochant la tête. C'est bien tourné et respectueux. Oui, je vais peut-être vous révéler ce que je sais.

— Ce serait très aimable à vous, répondit Brandella avec un sourire charmeur.

Tanis avait du mal à en croire ses oreilles. La jeune femme faisait des grâces à un type qui avait failli le tuer !

Le jardinier tendit un doigt vers la plus haute et la plus sombre des montagnes.

— On dit que de l'autre côté du pic de Fistandantilus se dresse un portail permettant de revenir à la Vie. Bien sûr, à ma connaissance, personne n'a encore tenté de s'y rendre — pas même le mage. Il vit à l'ombre de ce versant, sans jamais voir la lumière du jour.

— Si vous connaissez le chemin, pourquoi ne pas l'avoir déjà emprunté ? questionna Tanis, méfiant.

L'homme lui jeta un regard sévère.

— On dirait que votre moitié humaine prend souvent le pas sur l'autre. J'ai bien vécu… Que me restait-il à faire — à part devenir gâteux ? Je m'étais bâti une bonne petite réputation, pourquoi risquer de tout gâcher ? Et puis, ici, j'ai mes fleurs. Quand personne ne vient les piétiner, bien sûr, ajouta-t-il sur un ton de reproche.

— Je comprends, dit Tanis. Puis-je vous poser une dernière question ?

L'homme hocha la tête. Le demi-elfe le regarda droit dans les yeux et demanda :

— Qui êtes-vous ?

— On m'appelait Huma Fléau-des-Dragons.

CHAPITRE XXX

UN PETIT SACRIFICE

Tanis retint son souffle et sentit sa tête tourner. Le choc était trop grand.

— Hu-Huma de la Lance, bégaya-t-il enfin.

L'homme en blanc pencha la tête de côté.

— On me surnommait ainsi. Vous avez entendu parler de moi ?

— Oui. Oh, oui ! balbutia le demi-elfe.

Il n'arrivait pas à croire qu'il parlait avec le héros mythique qui, durant l'Age des Rêves, avait banni les dragons maléfiques de Krynn.

— Il est toujours agréable de voir qu'on se souvient de vous, dit l'ancien Chevalier Solamnique. Mais maintenant, vous feriez mieux de partir. Si vous échouez, vous reviendrez voir mes fleurs. J'ai le plus beau jardin de tout le royaume. (Il rejeta la tête en arrière et éclata de rire.) A moins que ce soit encore l'orgueil qui me fasse parler !

*

* *

Ils marchèrent des heures sans voir le soleil changer de position ni les nuages progresser dans le ciel. A un croisement, ils rencontrèrent une vieille femme échevelée et un petit garçon blond aux allures de chérubin, qui s'acharnaient vainement sur la roue brisée de leur chariot

— S'il vous plaît, pourriez-vous nous aider ? demanda la femme d'une voix voilée par les ans.

Son visage ridé était couvert de taches de vieillesse. La coupe de sa robe datait de plusieurs siècles.

— Je veux bien essayer, répondit Tanis, mais je crains de ne pas savoir réparer votre roue.

La femme avança, une main cachée derrière son dos.

— Je sais. Ce chariot ne pourra jamais repartir. C'est d'autre chose dont mon petit-fils et moi avons besoin.

— Vraiment ? demanda Tanis, portant d'instinct la main à son épée.

— Oh, pas grand-chose, dit la vieille, une expression mélancolique sur le visage. Un peu de gentillesse. Un petit sacrifice. Vos vies, peut-être.

L'enfant qui l'accompagnait se mit à rire.

— Tanis, regarde leurs yeux ! s'exclama Brandella.

Des flammes bleues jaillirent des orbites de la grand-mère et de son petit-fils.

— Vous vivez ! s'écria le garçonnet, tout excité. Vos cœurs battent !

— Des démons ? chuchota Brandella en agrippant le bras de Tanis.

— Je ne sais pas. Mais je ne me battrai pas contre une vieille femme et un enfant.

La sorcière ramena un bras devant elle, tenant une minuscule pelle aux bords affûtés. On eût dit une version macabre des jouets que fabriquait Flint. La brandissant, elle marcha droit sur Tanis et Brandella.

— Quels gens charmants, siffla la jeune femme.

Ils reculèrent dans l'herbe haute, en direction d'un torrent qui coulait non loin.

— Vos cœurs battent ! répétèrent en chœur la vieille femme et l'enfant.

— Tanis ! Que fait-on ? souffla Brandella. On ne peut pas fuir indéfiniment !

Le sol s'ouvrit sous leurs pas. Ils luttèrent sans succès pour conserver leur équilibre et tombèrent dans une fosse d'environ vingt pieds de profondeur.

Ils se relevèrent en grognant. Le sol mou et humide avait amorti leur chute ; ils n'avaient que quelques ecchymoses. Deux visages livides aux yeux de flammes bleues se penchèrent sur eux.

— Ça a marché, grand-maman ! s'écria le petit garçon en battant des mains.

— Que voulez-vous de nous ? demanda Tanis.

— Vos cœurs encore chauds ! répondit la sorcière en levant sa pelle. Tenir le cœur d'une personne vivante est le seul moyen de quitter le royaume de la Mort. Nous attendons à la croisée des chemins depuis trois mille huit cent quatre-vingt-un ans — et le jour est venu. Notre patience est enfin récompensée !

— Pas encore, dit Tanis. Rien ne vous dit que ça marchera. Huma de la Lance en personne nous a indiqué un autre moyen.

— Qui ça ? demanda la sorcière.

— Huma, le plus célèbre héros de Krynn !

La vieille secoua la tête.

— Il a dû naître après ma mort. Je n'ai jamais entendu parler de lui.

— De toute manière, vous ne pouvez pas attraper nos cœurs de là où vous êtes.

— Faux ! pépia le petit garçon. La faim vous affaiblira. Vous avez besoin de manger. Je me souviens de la nourriture, c'était très bon. J'aimais surtout la soupe de grand-maman…

— Brave petit, dit la vieille en lui tapotant la tête.

— Vous finirez par vous endormir. Il ne nous restera plus qu'à descendre et à vous ouvrir la poitrine avec la pelle de grand-mère, poursuivit l'enfant. Quand nous tiendrons vos cœurs entre nos mains, nous reviendrons à la Vie et nous pourrons manger de la soupe. N'est-ce pas, grand-maman ?

La vieille sourit.

— Oui, mon chéri. Tu es très intelligent. Je suis fière de toi.

Tanis et Brandella s'assirent côte à côte au fond de la fosse. Pendant que le demi-elfe réfléchissait, la jeune femme gratta distraitement la terre. Tout à coup, elle s'exclama :

— Mais oui !

— Mais oui quoi ? demanda Tanis, l'air sombre.

— Le torrent ne passe pas loin d'ici ; c'est sans doute pour ça que la terre est aussi humide. Nous pourrions...

— Plus bas, lui intima le demi-elfe avec un geste discret. Ils nous écoutent.

— Nous pourrions creuser un tunnel, chuchota Brandella. Ils ne sauront pas *où* nous allons ressortir.

— Ça prendra plus de temps qu'il nous en reste à vivre, objecta Tanis.

La jeune femme poussa un soupir exaspéré.

— Tu as une meilleure idée ?

Le demi-elfe dut convenir que non, et ils se mirent au travail.

Tanis creusait avec son épée pendant que Brandella, à genoux, repoussait la terre des deux mains. Bientôt, ils furent en sueur. Ils avaient la gorge sèche, le visage maculé de poussière, et leur estomac gargouillait.

— Sommes-nous encore loin de la surface ? haleta la jeune femme après plusieurs heures de labeur acharné.

— Un peu moins de dix pieds, je pense, répondit le demi-elfe.

Les parois humides étouffaient le son de sa voix. Brandella frissonna. S'immobilisant, elle regarda une poignée de terre s'effriter entre ses doigts.

— On n'y arrivera pas, c'est ça ? souffla-t-elle, découragée.

— Sais pas. Continue, marmonna Tanis.

Leurs muscles les torturaient ; ils avaient attrapé des crampes dans l'étroit passage. Brandella s'était cassé les ongles, et du sang maculait le bout de ses doigts.

— Je ne sais pas combien de temps je vais tenir, dit-elle d'une voix lasse.

— Tu as une meilleure idée ? grogna Tanis en lui renvoyant sa propre question.

La jeune femme eut un hoquet, et continua à creuser.

CHAPITRE XXXI

ENTERRÉS VIVANTS

— Il y a de l'eau ! s'écria Brandella, apeurée. Je l'entends goutter !

Enfoncés loin à l'intérieur du tunnel, ils n'avaient aucun moyen de s'orienter. Visiblement, ils se dirigeaient vers le torrent.

Une flaque de boue se forma sur le sol, puis se mua vite en un ruisseau régulier. Les parois se firent glissantes — Tanis et sa compagne eurent de plus en plus de mal à continuer leur travail.

Le demi-elfe était en tête. Levant les bras, il tenta de localiser l'arrivée d'eau. Soudain, Brandella poussa un cri.

— Qu'y a-t-il ?

— Je... je ne sais pas. J'ai senti quelque chose me frôler le pied, balbutia la jeune femme, terrorisée.

Elle avait depuis longtemps perdu ses chaussures et craignait que le petit garçon ne se soit glissé dans le tunnel à leur suite. Ils avaient si peu de place que même un enfant aurait pu les tuer en les attaquant par-derrière.

Tanis se tourna sur le flanc et tenta de reculer pour venir en aide à Brandella.

Au bord de l'hystérie, la jeune femme flanquait des coups de pied dans le vide. Ses jambes ne rencontrèrent que de la boue. De nouveau, quelque chose l'effleura.

La sensation disparut.

Puis réapparut…

Alors Brandella comprit : la terre du « plafond » se détachait. Sous ses yeux horrifiés, un pan entier de tunnel s'effondra sur ses jambes.

— Un affaissement ! hurla-t-elle, au bord de l'hystérie.

Tanis la saisit par les épaules et la tira jusqu'à lui, en sécurité. Pour l'instant.

Le nuage de poussière et de terre retomba enfin. Quand ils eurent fini de tousser, Brandella posa sa tête sur l'estomac du demi-elfe et soupira :

— Nous sommes prisonniers. Nous ne pouvons ni avancer ni reculer. Quand l'eau montera, nous nous noierons.

Tanis ne répondit rien. La seule chose agréable qui lui vint à l'esprit, c'était que les deux goules qui les attendaient en haut ne pourraient pas leur arracher le cœur…

Il s'adossa au mur humide et, caressant les cheveux pleins de boue de Brandella, songea aux vivants plutôt qu'à la mort. Kitiara. Laurana, la princesse elfe avec laquelle il avait grandi, qui lui avait donné l'anneau de feuilles de lierre qu'il portait encore. Ses compagnons...

— Je regrette que tu n'aies pas connu Flint, dit-il en fermant les yeux.

La jeune femme se tordit le cou pour le regarder.

— Qui est Flint ?

— Le nain que tu as aperçu à l'auberge. C'était mon meilleur ami.

— Tu lui manqueras. Je regrette d'être la cause de ta mort, dit simplement Brandella.

Du doigt, le demi-elfe suivit le contour d'une des oreilles bien dessinées de la jeune femme.

— Il ne faut pas. J'ai accepté cette mission de mon

plein gré. Je savais ce que je risquais. Ce n'est pas ta faute.

— Mais quand même..., protesta la jeune femme.

Tanis laissa glisser sa main le long de sa nuque tiède. Brandella avait appartenu à Kishpa tant que celui-ci avait eu un souffle de vie. Pendant les quelques minutes qui leur restaient, peut-être pouvait-elle être sienne...

— Dis-moi, Tanis, demanda la jeune femme d'une voix assoupie, la guerre existe-t-elle encore de ton temps ?

Le demi-elfe éclata d'un rire amer.

— Evidemment. Que feraient les militaires ?

Brandella se dressa sur les coudes et tendit une main vers le visage de son compagnon.

— Tu n'as pas une très haute opinion des gens, souffla-t-elle en lui caressant la joue.

— Ça dépend lesquels. Il y en a que j'aime beaucoup, dit-il sur un ton lourd de sens.

Il regrettait de ne pas voir l'expression de la jeune femme.

— Moi aussi, chuchota-t-elle dans l'obscurité.

Que voulait-elle dire ? Ou plutôt, qu'essayait-il d'entendre ?

Puis Tanis se demanda pourquoi il tournait autour du pot. Que risquait-il à se montrer direct ? Il ne leur restait plus beaucoup de temps. L'eau montait vite ; le tunnel était déjà à demi plein.

— Combien de temps ? demanda Brandella, très calme.

— Une heure. Peut-être moins.

L'esprit du demi-elfe recommença à vagabonder. Il se souvint de la fois où Laurana et lui s'étaient échappés pour prendre un bain dans un torrent. L'eau était froide, et ils s'étaient serrés l'un contre l'autre sur la rive pour se réchauffer.

— Tu n'entends rien ? demanda Brandella, le ramenant à la réalité.

Tanis tendit l'oreille. D'abord, il ne capta que le ruissellement de la boue. Puis il prit conscience d'un grondement sourd au-dessus de sa tête.

Une plaque de terre se détacha de la paroi, livrant passage à un véritable torrent. L'eau monta très vite. D'ici quelques minutes, songea le demi-elfe, elle atteindrait leur bouche et leur nez.

Brandella se serra contre lui ; il enfouit son visage dans son cou, savourant la chaleur de la jeune femme.

Soudain, le grondement se changea en rugissement. La paroi qu'ils étaient en train de creuser explosa, et un raz de marée glacial balaya le tunnel.

CHAPITRE XXXII

LA NOYADE

Sonnés par l'impact, Tanis et Brandella tentèrent désespérément de monter à la surface pour respirer. Mais il n'y avait pas de surface. Le tunnel était envahi jusqu'à son sommet, et la pression clouait les jeunes gens à la paroi. Pourtant, s'ils parvenaient à remonter le courant, ils pourraient sans doute se glisser dans l'ouverture ménagée par le flot…, pensa Tanis.

Ses poumons étaient en feu, et il sentit la panique le gagner. Il n'allait pas pouvoir retenir sa respiration beaucoup plus longtemps.

L'eau boueuse obscurcissait sa vision elfique… Mais il devait trouver Brandella. Fouillant dans le torrent boueux, il rencontra un des bras de la jeune femme et le saisit. Puis, poussant de toutes ses forces sur ses jambes, il entreprit de remonter le courant.

Mais celui-ci était trop fort. La tête de Tanis commençait à tourner. N'y tenant plus, il ouvrit la bouche...

Le bouchon de terre qui bloquait les flots céda sous la pression du torrent ; les jeunes gens furent balayés.

Quelques secondes plus tard, Tanis et Brandella étaient de retour au fond de la fosse, toussant et crachant de la boue.

La vieille femme et son petit-fils n'avaient pas bougé. Ils regardèrent leur piège se remplir de liquide brunâtre.

— Ils sont vivants, grand-maman ! s'écria l'enfant.

— Et ils n'ont pas réussi à nous échapper, ajouta la vieille avec un rictus satisfait.

Tanis et Brandella se levèrent, leurs muscles endoloris protestant contre ce nouvel effort. Le niveau de l'eau montait, et ils durent bientôt se mettre à nager.

— Que... vont-ils nous... faire quand on... arrivera près d'eux ? haleta Brandella en regardant le bord de la fosse approcher.

— Aucune idée. Rien de bon, probablement, répondit Tanis.

La vieille femme dit quelque chose à l'enfant, qui hocha la tête et sourit. Ils se baissèrent et disparurent momentanément.

— Attention, dit le demi-elfe, l'air sombre. Ils mijotent quelque chose.

Ils ne se trouvaient plus qu'à cinq pieds du bord. Encore quelques secondes et Tanis pourrait se hisser hors de l'eau…

— Maintenant ! s'écria la sorcière en jetant une pierre à la tête du demi-elfe.

Elle le manqua ; son petit-fils, lui, atteignit Brandella au bras droit. La jeune femme poussa un gémissement de douleur.

— Encore ! Vise la tête !

La vieille femme comptait les assommer, puis les tirer hors de l'eau.

— Plonge ! ordonna Tanis à sa compagne.

Brandella prit une inspiration et s'enfonça dans l'eau. Le second projectile de l'enfant la toucha à l'épaule. Un autre frôla l'oreille du demi-elfe au moment où celui-ci disparaissait à son tour.

Il plongea, puis se propulsa à l'aveugle vers la paroi opposée. Lorsqu'il sentit de la terre devant lui, il jaillit hors de l'eau boueuse, espérant que son élan lui suffirait pour atteindre le bord.

Brandella n'était nulle part en vue. Il espéra qu'elle était déjà remontée pour prendre de l'air ; de toute façon, il ne pouvait rien pour elle.

Voyant qu'il se hissait hors de la fosse, la vieille femme et son petit-fils recommencèrent à le bombarder de pierres. Un projectile tomba dans l'eau à côté de sa hanche, l'autre rebondit sur le sol humide, près de sa main. Avec un grognement, Tanis se laissa tomber à terre, roula sur lui-même et se releva. L'enfant et la sorcière se précipitèrent vers lui, cette dernière brandissant sa minuscule pelle comme une dague.

Le demi-elfe ne pouvait se résoudre à tirer son arme, mais il disposait d'autres moyens de défense. La vieille femme marcha sur lui, les yeux brillant de haine.

— J'ai besoin de ton cœur, siffla-t-elle entre ses dents gâtées.

Tanis la saisit par le poignet, lui arrachant sa pelle. Le petit garçon plongea pour la récupérer, mais le demi-elfe fut plus rapide. D'un coup de pied, il expédia le curieux outil dans la fosse, où il coula à pic.

Pendant ce temps, Brandella s'était hissée sur la terre ferme. Elle se précipita vers le garçonnet au moment où Tanis ceinturait la grand-mère. L'enfant se débattit, mais Brandella tint bon. Des années de tir à l'arc lui avaient musclé les bras.

— Que fait-on d'eux ? demanda-t-elle en tournant la tête vers Tanis. Ils ne nous laisseront jamais le temps de nous éloigner.

Le demi-elfe fit un signe de tête vers la fosse, et elle comprit.

Les deux goules tombèrent dans l'eau avec deux énormes « plouf s ».

— Je ne sais pas nager ! gargouilla la sorcière.

Le petit garçon lui noua les bras autour du cou. Elle se débattit pour lui faire lâcher prise.

— Peu importe : vous ne pouvez pas mourir, lui rappela Tanis.

*
* *

— Je n'ai jamais été aussi sale de ma vie.

Ils marchaient depuis plus d'une lieue, et les efforts de propreté de Brandella n'avaient servi qu'à étaler un peu plus la boue. Autour d'eux, le paysage morne et aride était clairsemé de mauvaises herbes.

— Peut-être trouverons-nous un torrent ou une mare dans laquelle nous laver, suggéra Tanis.

Brandella hocha la tête. Elle pataugeait dans ses souliers trempés, qu'elle avait sortis de la fosse pendant que le demi-elfe maintenait les goules à distance avec une planche de leur chariot.

— Pendant qu'on y est, on pourrait en profiter pour boire, dit-elle en grimaçant. J'ai encore le goût de la boue dans la gorge.

— Au moins, on a eu quelque chose à manger, plaisanta Tanis.

La jeune femme haussa un sourcil.

— Scowarr serait fier de toi ! Continue comme ça, et on fera de toi un vrai comique.

Soudain, elle se figea.

— Tanis, souffla-t-elle en désignant la route.

Le demi-elfe leva la tête. La montagne de Fistandantilus se dressait devant eux. Il frissonna.

— Qu'y a-t-il à son pied ? demanda Brandella d'une voix atone.

C'était un village.

CHAPITRE XXXIII

BIENVENUE À YAGORN

— Je me demande comment sont les habitants, marmonna Tanis.

— Accueillants, j'espère…

Assoiffés et affamés, ils pressèrent le pas. Une foule d'humains, d'elfes, de nains et de gnomes arpentaient les rues pavées de la ville en discutant gaiement. Tanis éclata de rire. Sa compagne lui jeta un coup d'œil intrigué.

— Tu me sembles de fort bonne humeur, considérant notre situation, fit-elle remarquer.

— Oui, concéda le demi-elfe. J'ai toujours cru que la mort ressemblait à un sommeil éternel. Mais ici, le soleil brille toute la journée…, il ne pleut pas, il n'y a pas de vent... C'est comme si on était tout le temps en été.

Brandella grimaça.

— Plutôt monotone, non ?

— Halte ! cria une voix derrière une haie.

Les deux jeunes gens s'immobilisèrent et regardèrent, stupéfaits, une créature tremblante sortir de sa cachette.

— Halte !

— Nous sommes arrêtés, dit Tanis.

— Pas me faire mal ! geignit le petit être, qui lui arrivait à peine à la ceinture.

— Un nain des égouts ! s'exclama Brandella. Que veut-il ?

Plongeant la main dans la sacoche de cuir qu'elle portait en bandoulière, la créature sortit un beignet écrasé.

— Magie ! couina-t-elle. Halte !

Tanis soupira. S'agenouillant sur les pavés, Brandella tendit la main vers la créature.

— Comment tu t'appelles ? demanda-t-elle doucement. Tu veux bien me faire voir ce que tu tiens ?

Elle leva la tête vers Tanis et ajouta :

— Regarde ! Il a trouvé de la nourriture !

Le demi-elfe se racla la gorge.

— Brandella, je crois que...

Le nain se roula dans la poussière, agitant son beignet au-dessus de sa tête.

— Tu vois ? s'émerveilla Brandella. Il nous le donne.

Tanis secoua la tête.

— Je ne crois pas que...

Hurlant : « MAGIE ! » de toute la force de ses poumons, le nain lança le beignet sur le sol et bondit vers l'abri d'un escalier tout proche. La pâtisserie toucha les pavés avec un craquement, s'ouvrit en deux et tomba en poussière. Brandella poussa un soupir déçu.

— Il l'avait probablement dans son sac quand il est mort, expliqua le demi-elfe.

Le nain réapparut, les yeux écarquillés.

— Puissante magie, toi ! clama-t-il en pointant un doigt vers Tanis. Toi toujours là !

— Mais qui est-ce ? souffla Brandella.

Ce ne fut pas le demi-elfe qui lui répondit, mais une créature légèrement plus grande que le nain. Elle ressemblait à une fillette humaine, si l'on exceptait ses oreilles pointues, ses yeux couleur olive et les cheveux orange tressés au sommet de son crâne.

— C'est le gardien de la ville, expliqua-t-elle. D'où venez-vous ? Vous êtes vivants ? Moi aussi je l'étais, autrefois. Maintenant, je suis morte. C'est pas mal non plus. Mais quand même moins marrant dans l'ensemble.

— Une kender, gémit Tanis en se frappant le front. Je suis prisonnier du royaume de la Mort avec un nain des égouts et une kender.

Brandella resta agenouillée, sans quitter la nouvelle arrivante des yeux. Les kenders étaient réputés pour leur curiosité, et pour leur tendance à « trouver » des objets ayant commis l'erreur de « tomber » des poches ou du sac de leur propriétaire. La jeune femme ne possédait plus que ses chaussures, mais celles-ci étaient ornées de jolies boucles brillantes auxquelles elle tenait beaucoup.

— Où sommes-nous ?

— A Yagorn. C'est plein de morts, dit la kender en traînant le nain jusqu'à elle.

Brandella plissa le nez.

— Il sent le rat crevé, protesta-t-elle.

— Merci pour lui.

Rayonnant, le nain ramassa ce qui restait du beignet et le tendit à la jeune femme.

— Puissante magie. Pour toi, offrit-il.

Brandella tendit la main à contrecœur.

— Merci.

— Quelle étrange idée de choisir un nain des égouts pour gardien, fit observer Tanis.

— Pas du tout, rétorqua la kender. Personne de plus sale que lui n'a le droit de pénétrer en ville. (Elle se mit à rire.) Evidemment, nous n'avons encore jamais encore rencontré quelqu'un de plus crasseux que Jard. Mais selon le Conseil, quand on vit dans l'ombre du pic de Fistandantilus, il faut savoir préserver son image...

— Beaucoup de gens se risquent à l'escalade ? s'enquit Brandella.

— Pour quoi faire ? s'étonna la kender. Enfin, reprit-elle, je ne dis pas que ce n'est pas une bonne idée. En fait, ça me tenterait même assez. Que pensez-vous trouver là-haut ?

Elle s'interrompit pour examiner la boucle de chaussure qui venait d'apparaître dans sa main. Avec une exclamation de colère, Brandella la lui arracha et la remit en place.

— Ah bon ? C'était à vous ? Vous avez de la chance que je l'ai trouvée ! Alors, vous voulez grimper en haut de la montagne ?

— Nous cherchons le portail de la Vie qui doit se trouver sur l'autre versant, expliqua Tanis.

La kender et le nain éclatèrent de rire.

— C'est bien ce que je disais : tu as un vrai talent de comique, fit remarquer Brandella, les dents serrées.

— Qui vous a parlé de ce portail ? dit la kender en essuyant les larmes qui coulaient sur ses joues.

— Huma de la Lance.

— Vous voulez dire, le type au jardin multicolore ?

— Oui.

— Oh… il raconte la même chose à tout le monde. Je vais finir par croire qu'il se prend *vraiment* pour Huma.

— Vous voulez dire que... ? balbutia Tanis.

Le nain lui jeta un regard condescendant et lâcha :

— Toi stupide à ce point ?

Venant d'un membre de sa race, c'était loin de constituer un compliment.

— Si je comprends bien, il n'y a pas de portail ? s'enquit le demi-elfe, dépité.

— S'il y en a un, personne ne l'a jamais trouvé. Cela dit, ça me dirait de chercher. Sauf que personne ne voudrait venir avec moi. A moins que vous... (Sous le regard féroce de Brandella, la kender s'interrompit.) … Non. Je suppose que ce ne serait pas une bonne idée.

Tanis s'approcha de sa compagne et souffla :

— Si nous voulons obtenir des informations fiables, mieux vaudrait trouver quelqu'un d'autre à qui parler.

Il tira sur sa tunique. En séchant, la boue avait formé des croûtes.

— Savez-vous où nous pourrions nous laver ? demanda-t-il poliment à la kender.

— Oh, oui ! Aux Bains de Behobiphi. C'est le bâtiment blanc sur votre gauche, celui avec la haie savonneuse. C'est là que le propriétaire jette l'eau sale. Parfois, je l'aide à surveiller les affaires de ses clients.

— Ce type a engagé une kender pour garder des objets de valeur ? s'exclama Brandella, stupéfaite.

La kender détourna les yeux.

— Il ne m'a pas exactement *engagée*. Disons que je lui rends service. Souvent, il ne se rend même pas compte que je suis là.

— La plupart du temps, je parie, grommela Tanis.

— Vous pourriez nous emmener ? demanda Brandella en récupérant adroitement sa deuxième boucle de chaussure dans une poche de la kender.

Les yeux couleur olive s'agrandirent d'étonnement.

— Quoi, vous aviez aussi perdu celle-là ? Heureusement que j'étais là ! Que feriez-vous sans moi ?

Aux Bains de Behobiphi, ils furent accueillis par un minotaure de près de sept pieds. La créature était vêtue d'une serviette nouée autour de ses reins.

— Tiens, des vivants ! s'étonna-t-il. Je n'en avais pas vu depuis près de trois mille ans, et en voilà deux d'un coup !

Il les fit entrer. Sur le pas de la porte, la kender et le nain agitèrent la main en signe d'adieu.

— Je suis très honoré de votre visite, dit le minotaure, cérémonieux. Vous semblez avoir vraiment besoin de mes services, si je puis me permettre. Les vivants sont-ils toujours aussi sales ? Krynn a dû beaucoup changer depuis mon départ.

Tanis sourit.

— En fait, nous avons eu un petit... accident. Nous aimerions nous laver avant de rentrer chez nous. Nous avons entendu dire qu'il existait un portail de l'autre côté de la montagne de Fistandantilus...

— C'est Huma qui vous a raconté ça ?

Tanis et Brandella échangèrent un regard désespéré.

— Personnellement, je n'y crois pas, poursuivit le minotaure en les guidant vers des baignoires fumantes. Il y a des centaines de rumeurs de ce genre. Mais qui sait ?

Il fit coulisser un rideau sur une corde pour isoler ses deux clients.

— Quand vous aurez fini, dit-il en désignant une pile de serviettes, prenez-en une et rendez-vous dans la cour de derrière. Feudoux vous aidera à vous sécher.

Tanis commença à se déshabiller. De l'autre côté du rideau, il entendit Brandella faire de même.

Puis la jeune femme poussa un gémissement :

— Oh, non ! Mes boucles !

CHAPITRE XXXIV

FEUDOUX

Une serviette nouée autour de la taille, Tanis franchit la porte de derrière et s'immobilisa.

— Recule ! cria-t-il à Brandella.

Surprise, la jeune femme trébucha et tomba sur le sol carrelé du couloir. Les yeux rivés sur le monstre terrifiant qui se tenait dans la cour, Tanis recula, perdit l'équilibre et s'affala sur sa compagne.

— Un dragon ! cria-t-il.

— N'ayez pas peur, tonna une voix profonde. Je vois que Behobiphi ne vous a pas prévenus ; il oublie souvent.

Se relevant, les deux jeunes gens étudièrent le dragon d'argent assis sous un bosquet.

— Je m'appelle Feudoux, dit la créature avec ce qui devait être un sourire. La chaleur de mon souffle vous séchera très vite. Faites un pas en avant, s'il vous plaît. Je ne vous brûlerai pas.

Tanis tenta d'adopter une posture digne, ce qui n'avait rien d'évident avec une serviette de bain pour tout vêtement. Il s'avança ; Brandella le suivit.

— Parfait, dit Feudoux. Ne bougez plus.

Il cracha un long jet de flammes bleues. Les jeunes gens sursautèrent, mais réussirent à contrôler leur peur. L'air se réchauffa autour d'eux ; les gouttelettes s'évaporèrent sur leur peau. Leurs cheveux furent secs en moins de deux minutes.

— Le minotaure vous rapportera vos vêtements propres, dit Feudoux. En attendant, venez me gratter sous le menton. J'adore ça.

Tanis eut un mouvement de recul, mais Brandella se dirigea vers la créature.

— Etiez-vous aussi serviable de votre vivant ? demanda-t-elle en faisant courir ses ongles sur les écailles du dragon.

— Ooooooh, ce que c'est bon, soupira Feudoux en tendant le cou. (Il passa une langue fourchue sur ses lèvres et gloussa :) Non. J'étais plutôt du genre baroudeur. Vous auriez dû me voir pendant les Secondes Guerres Draconiques ! Une fois, j'ai...

Apparaissant dans l'encadrement de la porte, Behobiphi l'interrompit :

— Tu ne vas pas leur raconter tes vieilles histoires de guerre ?

— Pourquoi pas ? s'indigna Feudoux. Toi, tu les connais par cœur, mais pas eux.

— Les autres clients attendent, lui rappela le minotaure en tendant leurs vêtements à Tanis et à Brandella.

Puis il rentra dans le bâtiment.

— Nous adorerions vous écouter, dit gentiment Tanis, mais nous sommes un peu pressés. Nous devons trouver au plus vite un moyen de retourner dans le royaume des vivants.

— Ça semble être une préoccupation commune à pas mal de gens, ici. Je me demande bien pourquoi.

— Nous ne devrions pas être ici, expliqua Brandella. Nous ne sommes pas morts, ajouta-t-elle en gratouillant l'oreille gauche du dragon.

— Ah. Oh. Vous êtes très douée, ronronna Feudoux en s'étirant comme un chat.

Tanis entreprit de s'occuper de l'autre oreille.

— Eh. Ah. Vous n'êtes pas mal non plus. Je regretterais presque de vous aider à partir, dit le dragon en fermant les yeux de béatitude.

— Vous voulez dire qu'il existe un moyen ? demanda le demi-elfe en sautant sur ses pieds.

— Pour les vivants, on dit que la magie est la seule manière de s'échapper du royaume de la Mort. Un dragon de bronze — un de mes amis — m'a raconté qu'un étrange sortilège circulait dans les environs. D'après lui, il vient d'un mage mort récemment qui possédait une collection de sorts bizarres...

— Kishpa ! s'exclama Brandella en enfonçant ses ongles dans le bras de Tanis.

— Les mages aiment échanger leurs connaissances, poursuivit Feudoux sans s'émouvoir. Ici, évidemment, cela n'a guère d'importance, car la magie ne sert pas à grand-chose. Mais le nouveau venu n'a pas essayé de marchander. Il a donné son sort à tous les sorciers qu'il croisait...

— Où pouvons-nous le trouver ? dit Brandella d'une voix suppliante.

Le dragon haussa ses épaules massives.

— Aucune idée. Le royaume de la Mort s'étend bien au-delà de votre imagination. Il peut être n'importe où.

La jeune femme poussa un soupir déçu.

— Ce fameux sort, à quoi sert-il exactement ? s'enquit Tanis.

— Il permet aux vivants de quitter le royaume de la Mort. C'est le genre de chose incongrue...

— Que Kishpa adorait de son vivant, exulta Brandella. Un sort qui ne lui servait à rien...

— Mais qui va peut-être nous sauver la vie.

— Il devait le savoir ! C'est pour ça qu'il l'a donné à tous, souffla la jeune femme, des larmes de reconnaissance sur les joues.

Le dragon « sourit ».

— Continuez comme ça et il faudra que je recommence à vous sécher.

Brandella embrassa la joue écailleuse de la créature en riant à travers ses sanglots, et Tanis ne put s'empêcher de ressentir un pincement au cœur. Même mort, son rival le dominait toujours.

— Très bien. Nous devons trouver quelqu'un qui connaisse ce sort, et vite, parce que sans eau et sans nourriture, nous nous affaiblissons rapidement...

— Feudoux ! s'écria Brandella. J'ai entendu dire que certains dragons étaient aussi magiciens. Pourriez-vous nous aider ?

— Hélas non, répondit le vieil animal en secouant la tête. Mon seul pouvoir me permet de ne pas me brûler les lèvres quand je crache du feu.

— Peut-être pouvez-vous nous dire où trouver un mage ? insista la jeune femme.

Feudoux leva le museau vers la montagne noire.

— Fistandantilus est le plus proche. Il connaît le sort, c'est certain... Mais prenez garde. Il ne fait jamais rien pour rien.

*
* *

— J'ai du mal à déglutir, croassa Brandella.

Tanis était en train de rêver à la bière et aux patates épicées de l'*Auberge du Dernier Refuge*.

— Moi aussi. Je n'ai jamais eu la gorge aussi sèche.

Ça faisait des heures qu'ils gravissaient la paroi rocailleuse. Des nuages noirs étaient massés au-dessus de leur tête, et une pluie froide, mais non désaltérante, imbibait leurs vêtements. Autour d'eux, tout n'était que pierres tranchantes et boue sulfureuse...

Ils arrivèrent enfin devant une misérable hutte d'où s'échappaient des gémissements pitoyables. Brandella pâlit, et Tanis sentit son estomac se nouer.

— Il se passe quelque chose de terrible là-dedans, souffla le demi-elfe.

— Peut-être le mage est-il souffrant, répondit Brandella sans conviction.

— A mon avis, il est plutôt en train de torturer quelqu'un.

Les grognements augmentèrent, comme si celui qui les poussait avait entendu les deux jeunes gens et les suppliait de venir à son aide.

— Fistandantilus ? appela Tanis à voix haute.

Le silence se fit.

— Fistandantilus, montre-toi !

— J'aime mieux pas, répondit une voix rauque.

Une plante rabougrie explosa à quelques pas du demi-elfe. Celui-ci sursauta, et la voix ricana.

— Mais ne t'inquiète pas. Je suis partout.

Tanis prit la main de Brandella.

— Tu ne te montres pas parce que tu en es incapable, dit-il sur un ton de défi.

— Sache, jeune présomptueux, que j'étais déjà invisible bien avant de mourir : j'ai échangé mon enveloppe corporelle contre quelques années de sursis.

— Mais si vous n'avez plus de corps, dit Brandella en frissonnant, qu'êtes-vous donc ?

— Je *suis* la magie.

Dans la sienne, Tanis sentit la paume de sa compagne devenir moite. Ou peut-être était-ce lui qui transpirait...

Ils ne voyaient personne, mais sentaient le regard de Fistandantilus posé sur eux.

— Alors, Tanis et Brandella, qu'est-ce qui vous a conduits jusqu'à moi ? demanda le mage.

— Si tu connais nos noms, tu dois aussi savoir les raisons de notre venue, dit le demi-elfe.

— Exact. Je vous observe depuis un certain temps. Dommage que vous ayez aussi soif ; je ne peux rien y faire. Demain, après votre mort, j'invoquerai tout un océan, ricana Fistandantilus.

— Tu dis *être* la magie, mais tu ne peux pas nous aider, rétorqua Tanis, amer. Et tu ne peux pas t'aider non plus.

Cette fois, le son qui retentit ne ressemblait plus à un rire, même sardonique. On eût dit un millier de gémissements de douleur — le hurlement fit trembler la roche, les glaçant jusqu'aux os.

— Je n'ai pas créé cette montagne de ténèbres et d'horreur en aidant les autres. Si je fais quelque chose pour vous, vous me rendrez un service en retour. Sinon, vous mourrez.

La voix de Fistandantilus était aussi tranchante qu'un couperet.

— Qu'attendez-vous de nous ? demanda Tanis sur un ton las.

— Que vous me rameniez à la Vie avec vous.

CHAPITRE XXXV

LE MARCHÉ

— Je suis prêt à prendre beaucoup de risques pour retourner à la Vie, dit enfin Tanis, mais je refuse de lâcher à nouveau Fistandantilus sur Krynn. Comment pourrais-je dormir avec un tel méfait sur la conscience ?

— Quelle âme noble, siffla le mage d'une voix sarcastique. Tu ne veux pas te salir les mains. Et ta compagne ? Te sens-tu le droit de disposer de son existence ?

— Il le peut, s'écria Brandella, menton fièrement levé. Vous nous donnez une chance de mourir en héros, et je vous en remercie.

Tanis serra la main de sa compagne sans oser la regarder. Il n'avait plus peur... Il voulait juste la serrer dans ses bras. Seule la présence invisible de Fistandantilus le retint.

— Je vois. Vous essayez de protéger les vivants. Et les morts ? Je lis dans votre esprit le nom de vos chers disparus. Qui m'empêchera de les torturer jusqu'à la fin des temps ?

Un tremblement agita le sol, sous leurs pieds. Tanis sentit quelque chose de froid lui effleurer le crâne — la présence de Fistandantilus. A côté de lui, la jeune femme frissonna.

— Tiens, tiens. Voyez-vous ça. Il était une fois une petite fille du nom de Cadaloupie...

Brandella lâcha la main du demi-elfe.

— C'était ma sœur, chuchota-t-elle. Elle a péri lors d'une inondation.

— Aujourd'hui, elle joue dans un bois inondé de soleil, reprit le mage. (Des éclairs zébrèrent le ciel.) Mais je n'ai qu'un mot à dire pour qu'un déluge se déverse sur elle. Je peux faire resurgir la peur. Je peux lui faire revivre ses pires terreurs… Je peux...

— Assez ! hurla Brandella, se couvrant le visage des mains.

Tanis passa un bras autour des épaules de sa compagne. Il aurait voulu défier Fistandantilus, mais comment ?

— Quant à toi, Demi-Elfe..., dit le mage avec un rire qui ressemblait à un bourdonnement, penses-tu encore à ta pauvre mère, morte si peu de temps après ta naissance ?

Tanis se raidit, les yeux brillant de colère. Il sentit Brandella lui passer un bras autour de la taille pour le réconforter.

— C'était une jeune elfe pleine de vie, mais hélas si fragile, ricana Fistandantilus. De corps aussi bien que d'esprit. Ici, dans le royaume de la Mort, elle mène une existence idyllique, entourée de ceux qu'elle aime. Je me demande ce qu'elle éprouverait si ton père apparaissait tout à coup sur le pas de sa porte ?

Un silence.

— Comment ? Aurais-tu avalé ta langue ? dit le mage avec un étonnement feint.

— Tu ne toucheras pas à ma mère, gronda Tanis.

— Bien sûr que non... Si tu fais ce que je te demande.

Cherchant désespérément un moyen de résoudre le problème, Tanis repensa à ce que lui avait dit Feudoux. Une lueur d'espoir naquit dans son esprit, qu'il chassa aussitôt pour que Fistandantilus ne puisse la capter…

Il se tourna vers Brandella :

— Je crois que nous devrions y réfléchir.

Choquée, la jeune femme écarquilla les yeux.

— Tu n'es pas sérieux ?

— La vie est courte. Mieux vaut que Fistandantilus sévisse sur Krynn plutôt qu'il tourmente les morts pendant une éternité.

Les lèvres tremblantes, Brandella ne répondit pas. Tanis se pencha sur elle et chuchota :

— Il a déjà été vaincu dans la Vie. Il le sera à nouveau.

Le demi-elfe savait que le mage l'entendrait, mais il devait convaincre Brandella. De fait, la jeune femme parut ébranlée. Si le retour de Fistandantilus n'était pas irréversible...

— Fais comme tu l'entends, dit-elle à contrecœur.

CHAPITRE XXXVI

LA FLAMME VACILLANTE

— C'est un cauchemar. Je vais me réveiller, chuchota Brandella.

Tanis lui jeta un regard inquiet. Très pâle, sa compagne semblait sur le point de s'évanouir. Obéissant aux instructions de Fistandantilus, ils s'affairaient depuis plusieurs heures. Ils avaient réparé le toit de la misérable hutte sous une pluie battante avant de dégager le plancher de la boue qui s'y était accumulée. Avec la porte grande ouverte, l'intérieur restait humide et glacial, mais cela ne préoccupait guère le mage mort.

— N'allume pas la bougie avant que je commence à incanter, ordonna Fistandantilus. Prends le miroir accroché derrière toi. Doucement…

Tanis se dirigea vers le mur, leva le bras pour décrocher l'objet au cadre doré et se figea. La surface argentée ne reflétait pas son visage.

— Dépêche-toi, pressa le sorcier.

Le demi-elfe s'exécuta. Le miroir à la main, il s'approcha de la table de bois où étaient posés une bougie et deux petites pierres noires.

— A quoi cela va-t-il servir ? demanda-t-il d'une voix enrouée.

Dans un coin de la pièce, Brandella tremblait et

claquait des dents. Seule la volonté la maintenait encore debout.

— Lorsque je lancerai le sort qui vous renverra à la Vie, vous l'emmènerez avec vous, expliqua le mage. J'y ai enfermé mon image — celle du corps que je possédais autrefois. Une fois de retour, le miroir la libérera, et je pourrai à nouveau marcher sur Krynn.

« Ah, pendant que j'y pense..., ajouta-t-il sur un ton doucereux, sachez que je vous ai lancé un sortilège. Si jamais vous me trahissez, vous périrez de la main de ceux qui vous sont les plus chers. Vous ne pourrez pas dire que je ne vous ai pas prévenus. »

La porte claqua ; les ténèbres envahirent la hutte. Tanis sursauta, mais Brandella resta sans réaction. Ses yeux étaient vitreux, son visage blanc comme de la craie.

— Le moment est venu, dit Fistandantilus. Tiens-toi prête à allumer la bougie, humaine.

Prenant le miroir dans une main, Tanis tendit l'autre vers Brandella, mais la jeune femme se déroba.

Le mage incanta. D'abord à peine audible, sa voix s'amplifia jusqu'à devenir assourdissante. Brandella saisit les pierres. Ses doigts étaient gourds, et elle dut s'y reprendre à plusieurs fois avant de produire une étincelle.

La hutte trembla comme si le vent essayait de l'arracher du sol pour la projeter au pied de la montagne. Tanis se demanda si c'était un effet secondaire du sort, ou si le royaume de la Mort lui-même s'efforçait de les retenir. Magie et nature se livraient un combat dont l'issue semblait incertaine. Pourtant, la flamme de la bougie ne vacillait pas...

Le demi-elfe attira Brandella contre lui. La jeune femme voulut se dégager, mais il l'en empêcha. Il craignait qu'elle n'ait l'intention de se sacrifier pour empêcher Fistandantilus de mener à bien ses sombres projets.

Or son plan ne permettait pas la moindre hésitation.

Les branches avec lesquelles ils avaient réparé le toit de la hutte craquèrent ; plusieurs s'abattirent sur le sol autour d'eux. Dans l'ouverture ainsi produite, Tanis vit un spectacle qui lui coupa le souffle. Le sommet de la montagne venait de se détacher, et une avalanche de pierres leur fondait dessus.

Il allait falloir jouer serré. S'il agissait trop tôt, Fistandantilus interromprait son incantation et les laisserait mourir. Trop tard, il entraînerait le mage avec eux sur Krynn...

Le demi-elfe pria pour que Fistandantilus soit trop concentré sur son sort pour surprendre ses pensées. Il se souvint des mots de Feudoux : *La magie ne sert pas à grand-chose ici*. Pourvu que le mage ait bluffé. Pourvu qu'il n'ait aucun pouvoir sur sa mère ou la sœur de Brandella !

— *Kyvorek blastene tyvvelekk winderfall* ! tonna Fistandantilus. *Tylvannus ! Tylvannus !*

Sa voix couvrait le grondement de l'avalanche. Tanis leva la tête. Il ne leur restait plus que quelques secondes à vivre. Pourtant, il devait attendre... L'incantation n'était pas terminée, il le sentait confusément. Il y aurait sûrement un signe, un indice... Quelque chose.

Brandella poussa un cri.

Du coin de l'œil, Tanis vit la flamme de la chandelle vaciller.

Maintenant !

De toutes ses forces, il projeta le miroir sur la bougie. La flamme s'éteignit ; la glace se brisa en un millier de fragments.

— Non ! hurla Fistandantilus.

QUATRIÈME PARTIE

CHAPITRE XXXVII

BRANDELLA DANS SES YEUX

Les bruits augmentèrent — le hurlement du vent qui s'engouffrait dans la hutte, le rugissement de la vague de boue, le crépitement de l'avalanche. Mais devant eux, le soleil brillait dans un ciel d'azur. Une douce brise jouait dans leurs cheveux trempés ; sur leur gauche, quelques alouettes s'envolaient à tire-d'aile.

Tanis secoua la tête. Ils se trouvaient près du bosquet calciné et de la mare couverte de cendres. Une odeur de brûlé planait dans l'air... Mais ni Kishpa ni Clotnik n'étaient en vue.

— Où sommes-nous ? demanda Brandella d'une petite voix. Cet endroit me dit quelque chose.

— Je t'y ai amenée il n'y a pas longtemps, mais tu n'avais pas vu les dégâts de l'incendie. Nous avons réussi. Nous sommes chez moi, dit gravement le demi-elfe.

— Et Fistandantilus ne nous a pas suivis, constata la jeune femme en rougissant. Je suis navrée d'avoir douté de toi.

— Peu importe. Tu ne pouvais pas savoir... et je ne pouvais pas prendre le risque de parler. Ce qui compte, c'est que mon plan ait marché.

Brandella sourit.

— Tu as raison.

Tanis l'attira à lui — cette fois, elle se laissa faire. Le demi-elfe lui passa les bras autour de la taille ; la jeune femme se blottit contre lui.

En cet instant, Tanis connut enfin la paix.

Soulevant le menton de Brandella, il plongea les yeux dans les prunelles veloutées de la jeune femme. Il avait accompli son devoir envers Kishpa. Quel mal y avait-il à penser à lui maintenant ?

Puis il hésita.

Brandella n'éprouvait peut-être que de la gratitude à son égard. Et dans le cas contraire, leur amour n'était-il pas condamné d'avance, comme celui qu'il avait éprouvé pour Kitiara ? Son sang elfique le condamnait à voir vieillir puis mourir sa bien-aimée, pendant qu'il resterait aussi jeune qu'au jour de leur rencontre.

Une voix l'arracha à ses sombres pensées :

— Qui va là ?

Comme s'ils avaient été surpris la main dans le sac, Tanis et Brandella sursautèrent et s'écartèrent l'un de l'autre.

— Jetez vos armes, ordonna la voix, ou je dis à mes hommes de vous cribler de flèches.

— Clotnik, c'est toi ?

— Tanis ?

Le demi-elfe éclata de rire.

— Dis à tes « hommes » de disparaître, lança-t-il en conduisant Brandella hors du bosquet.

En arrivant sur la rive, ils trouvèrent Clotnik seul, un sourire malicieux aux lèvres.

— Comme vous le voyez, mes hommes sont très obéissants.

Le nain serra la main de Tanis avec chaleur.

— Raconte-moi tout, dit-il d'une voix pressante.

— Pas tout de suite, protesta le demi-elfe. D'abord, il nous faut boire et manger…

Le regard du nain se posa sur la compagne de Tanis.

— Brandella !

Sans manifester d'étonnement, celle-ci fit un pas vers lui et passa la main dans ses cheveux emmêlés. Clotnik leva les yeux vers elle avec une expression enfantine, suppliante. La jeune femme l'étreignit.

— C'est bien toi ! Pendant toutes ces années, tu es resté au côté de Kishpa !

Tanis les dévisagea, stupéfait. A Ankatavaka, les seuls nains qu'il avait vus étaient Mertwig et Yeblidod. Mais..

Il écarquilla les yeux. Etait-ce possible ? Clotnik avait le menton un peu fuyant de Mertwig, les yeux verts et le nez légèrement retroussé de Yeblidod. Ce devait être leur fils… L'enfant que les deux nains avaient mis en sécurité sur le navire, avant la bataille.

Avant que le demi-elfe puisse prononcer un mot, Clotnik s'écarta de Brandella et déclara joyeusement :

— Allons vous trouver à manger. Ensuite, vous me raconterez tout !

*

* *

— Combien de temps s'est écoulé depuis mon départ ? demanda Tanis, la dernière bouchée avalée.

Brandella, qui avait fini de manger, tressait ses longs cheveux. Elle avait ôté ses vêtements mouillés et portait une longue chemise blanche appartenant à Clotnik.

— Trois jours, répondit le jongleur.

— Quand Kishpa est-il mort ?

Deux grosses larmes roulèrent sur les joues du nain. Brandella se pencha vers lui ; les yeux humides, elle lui essuya tendrement le visage avec sa manche.

— Il... il a bien tenu le premier jour, balbutia Clotnik, la tête baissée. Pourtant, je n'y croyais pas… Il était immobile, silencieux. On aurait dit qu'il revivait une partie de ses souvenirs. Parfois, il gémissait, ou souriait malgré la douleur…

« Il a failli mourir deux fois. La première, il s'est assis en criant : « Non ! Pas encore ! ». La seconde, j'ai cru que tout était fini. Il s'est mis à cracher du sang et à s'étrangler..., puis il a cessé de respirer. Son cœur ne battait plus. J'ai voulu lui fermer les paupières, et... »

— Et... ? le pressa Brandella, la voix chargée d'émotion.

— Et dans ses yeux, j'ai vu ton image, chuchota Clotnik. Il est revenu à la vie. Pour toi.

Un long silence. La jeune femme sanglotait sans bruit.

— Où l'as-tu enterré ? demanda-t-elle enfin.

Clotnik se leva et lui tendit la main.

— Viens. Je vais t'y conduire.

Tanis préféra rester en arrière.

La tombe se trouvait au sommet d'un talus. Clotnik revint vers le demi-elfe pour que Brandella puisse faire ses adieux en privé.

Le vent emporta les mots de la jeune femme — l'histoire ne dit pas vers qui.

CHAPITRE XXXVIII

PÈRES ET FILS

— Parle-moi de mon père, insista Clotnik tandis qu'ils attendaient le retour de Brandella. Je t'avais dit que je voulais faire le voyage à ta place… Et que Kishpa avait refusé. Il me cachait quelque chose, j'en suis certain.

Tanis détourna le regard. Il savait trop bien quelle ombre les actes de son père pouvaient jeter sur la vie d'un fils.

— Mertwig était-il mauvais ? s'enquit le nain.

— Non ! s'écria le demi-elfe en secouant la tête avec véhémence. Il était même meilleur que la plupart des gens.

D'un geste rageur, Clotnik lança une pierre dans le lac.

— Alors pourquoi ne veux-tu rien me dire ?

— Il s'est passé tant de choses. Je ne sais pas par où commencer, bredouilla Tanis.

— Bien sûr que si ! s'exclama le nain en bondissant sur ses pieds, les poings serrés. Mon père était-il un voleur ? Les gens du village n'arrêtaient pas de le répéter. Pas devant moi, évidemment, mais j'entendais quand même. Il paraît qu'il a quitté Ankatavaka avant que l'affaire soit éclaircie, et qu'il a été tué peu de temps après. (Clotnik se tordit les mains.) Ma mère est revenue au village et m'a récupéré au retour du navire ; j'étais tout petit et je ne m'en souviens mal. (Sa voix s'étrangla.) Je sais seulement qu'elle avait l'air triste ; elle est morte l'année d'après.

Tanis secoua la tête.

— Je l'ignorais. J'en suis navré. Elle était très gentille.

— Je sais, soupira Clotnik. Tout le monde chantait ses louanges. Je suis fier d'être son fils, et je pense souvent à elle. Elle m'a légué la boule de verre, celle avec laquelle je jongle…

— Je m'en souviens, dit le demi-elfe. Assieds-toi. Je vais te raconter ce que je sais.

Clotnik s'exécuta, les yeux brillant d'impatience et d'inquiétude.

— Ton père m'a sauvé deux fois. La première, en attaquant une araignée géante au péril de sa vie. Sans son intervention, le monstre m'aurait dévoré. Quant à la deuxième…, bien qu'il fût mortellement blessé, il a trouvé la force d'abattre le gobelin qui allait me frapper par-derrière. (Tanis plongea ses yeux dans ceux du nain.) Je te le demande : sont-ce les actions d'un homme mauvais ?

Clotnik secoua la tête. Le demi-elfe remarqua qu'il s'était redressé au fil de son récit. Même ses oreilles semblaient plus droites qu'auparavant. Il se voyait d'une façon différente : désormais, il était le fils d'un héros. Malgré lui, Tanis se surprit à l'envier.

— Mais pourquoi Kishpa ne voulait-il rien me raconter ? reprit le nain. Pourquoi détournait-il la conversation chaque fois que j'évoquais ces rumeurs ?

— Pour une raison très simple, expliqua le demi-elfe avec un sourire rassurant : parce qu'il n'en savait pas plus que toi.

Il omit de préciser que lui-même connaissait la vérité. A quoi bon ? Certaines blessures étaient inutiles…

— Pauvre Kishpa, soupira Clotnik. Il m'a recueilli

après la mort de ma mère ; depuis la disparition de Brandella, il avait besoin de quelqu'un à qui parler. Et moi... j'avais besoin de quelqu'un à écouter. Il m'a traité comme son fils. Comme les rumeurs au sujet de mon père persistaient, nous sommes partis d'Ankatavaka un beau matin. Nous avons arpenté l'Ansalonie, seuls. C'est pour le divertir que j'ai appris à jongler…

— Tu es très doué, approuva Tanis. A moins qu'il ne t'ait aidé par magie ?

— Jamais ! s'exclama fièrement le nain. Je n'ai pas voulu qu'il enchante mes balles, même pas celle en verre. Pourtant, il me suppliait de le laisser faire. (Tanis avait la gorge trop serrée pour émettre le moindre commentaire.) Kishpa était un bon père. Mais j'aurais aimé qu'il me laisse aller dans son passé. J'aurais aimé voir Mertwig, parler avec lui...

Clotnik releva la tête.

— Pardonne-moi ! Je suis si égoïste ! Je pense tant à mon père que je ne t'ai pas demandé si tu avais trouvé le tien.

— Ne t'excuse pas, répondit Tanis en haussant les épaules. Oui, je l'ai trouvé, mais...

— Ça ne s'est pas passé comme tu le souhaitais ?

— Disons qu'il n'était pas *ce que* je souhaitais. Parfois, mieux vaut imaginer la vérité que de la connaître.

— Mais pas dans mon cas ?

— Non. Pas dans le tien.

Le soleil se couchait à l'horizon ; les ténèbres s'étendaient sur le paysage.

— Brandella ne devrait plus tarder, fit remarquer le demi-elfe. Avant son retour, j'aimerais te demander quelque chose.

— Tout ce que tu voudras.

— Pourquoi se sont-ils séparés ? Tu m'as dit que Brandella avait disparu avant la mort de ta mère…

— Je l'ignore. Kishpa n'en parlait presque jamais. Il m'a dit qu'après un rêve, elle avait peint un tableau sur lequel un étranger l'emportait dans ses bras. Il paraît que cette vision était prémonitoire. Il ne l'a jamais revue.

Un long silence suivit. Stupéfait, Tanis essayait de comprendre le sens de cette révélation. Il y renonça au bout de quelques minutes.

— Brandella devrait être revenue, dit-il enfin. Je vais aller voir si tout va bien.

— Je t'accompagne.

Ils gagnèrent le talus — la jeune femme avait disparu.

CHAPITRE XXXIX

AU CAMP DES SLIGS

— Des sligs ! s'exclama Clotnik avec un reniflement de mépris. Je reconnais leur odeur. Ils ont dû l'enlever… (Il flanqua un coup de pied rageur dans une motte de terre.) L'incendie ne les a pas arrêtés ; ils cherchent toujours le porte-plume de Kishpa. Tu t'en es bien débarrassé ?

— Oui, dit Tanis, examinant le sol à la recherche d'une piste.

Comment avait-il pu laisser Brandella s'éloigner ! Avoir fait tout ce chemin pour la perdre…, c'était pire que tout.

Puis il aperçut un point de lumière au sommet d'une colline.

— Là-bas ! On dirait un feu de camp !

— Je me demande avec quoi ils l'ont allumé, s'étonna Clotnik. Tout a brûlé dans l'incendie.

*

* *

Dissimulé derrière une souche calcinée, Tanis observait la sentinelle.

— Ne bouge pas, souffla-t-il à l'oreille de Clotnik. Et prends garde, leur bave est empoisonnée.

Haut de près de six pieds, le slig ne portait aucun vêtement, mais sa peau grisâtre et épaisse avait l'aspect de la pierre. Sa queue balayait le sol derrière lui ; sa longue gueule mince était garnie de crocs acérés. Ses oreilles pointues ressemblaient à de petites cornes. Accrochée à l'une d'elles pendouillait une boucle d'oreille métallique.

La sentinelle passa devant la souche sans remarquer les intrus. Dès qu'elle lui tourna le dos, Tanis jaillit de sa cachette, dégainant son épée. Le slig fit volte-face à une vitesse surprenante, mais il ne réussit qu'à s'embrocher sur la lame.

En tombant, il tenta de lancer un avertissement à ses camarades… Un gargouillis s'échappa de sa gueule et sa tête retomba sur le sol.

Le demi-elfe s'empara de l'épée de la créature et la tendit à Clotnik.

— Prends ça. J'espère que tu n'en auras pas besoin.

— Moi aussi, bredouilla le nain. Je ne suis pas un guerrier.

Tanis le prit par les épaules.

— J'ai connu un homme qui avait beaucoup plus peur que toi à l'heure de son premier combat. A la fin de la bataille, il n'avait pas seulement survécu : il était devenu un héros. Tout ira bien. Reste derrière moi et tâche de ne pas attirer l'attention.

Se baissant, le demi-elfe entreprit d'escalader la colline. Enfin, il arriva en vue du camp.

Et de Brandella. La jeune femme était allongée sur le sol, pieds et mains liés. Le plus grand des sligs, sans doute le chef, laissait dégouliner sa salive empoisonnée à quelques pouces du visage de la prisonnière. Mais celle-ci demeurait impassible.

Le slig paraissait impressionné par son courage, mais pas assez pour s'arrêter.

— Parle ou crève ! aboya-t-il.

Tanis parcourut le camp du regard à la recherche de quelque chose qui pourrait les aider. De l'autre côté, attaché à un chariot chargé de tonneaux, se trouvait un taurobog : un animal de trait à six pattes, résultat d'un croisement cheval-taureau-buffle. Il n'y avait aucune trace du conducteur. Le demi-elfe frissonna en songeant à ce que les sligs avaient dû en faire.

— Te sens-tu capable de courir vite ? chuchota-t-il à son compagnon.

— Avec des sligs aux trousses, j'irai plus vite que le vent, assura Clotnik.

— Il vaudrait mieux, parce que tes « hommes » et toi allez attaquer le camp...

*
* *

Brandella s'était débattue lorsque les sligs avaient surgi sur le talus. Elle voulait défendre le repos de Kishpa et la vie des deux compagnons qui avaient tant fait pour elle...

Mais le combat était par trop inégal. Un slig lui avait assené un coup d'une telle force qu'il avait failli lui décrocher la mâchoire. Deux autres avaient saisi ses bras et ouvert une gueule dégoulinante de salive. Terrorisée, la jeune femme avait cru qu'ils allaient la dévorer vivante quand leur chef était arrivé pour ordonner qu'on la ramène au camp.

Il voulait la torturer pour qu'elle avoue où se trouvait le porte-plume enchanté.

« — Après, vous pourrez toujours la manger », avait-il dit à ses hommes.

Ligotée près du feu que les sligs avaient allumé à l'aide de vieux tonneaux, la jeune femme pensait à Kishpa, à Tanis, à Scowarr et aux actes de bravoure auxquels elle avait assisté ces derniers jours. Malgré la terreur qui lui nouait l'estomac, elle était déterminée à faire honneur à ses amis. Pourtant, elle ne put s'empêcher de pâlir en voyant le chef des sligs s'approcher d'elle, un morceau de bois enflammé à la main.

— Je vais mettre le feu à tes cheveux, annonça-t-il. S'ils étaient détachés, ils se consumeraient tout de suite. Mais comme tu portes une tresse, le processus sera plus long. Si tu ne me dis pas où trouver le porte-plume, je laisserai les flammes ronger ton crâne et ton visage jusqu'à ce qu'il ne reste rien. Tu as compris ?

La jeune femme détourna le regard, serra les dents et se promit de ne pas crier, même lorsque la douleur deviendrait insupportable.

— Je vois que tu as compris, dit le slig en grimaçant.

Un cri s'éleva sur sa droite :

— Alerte ! On nous attaque !

Les sligs se précipitèrent. Brandella sentit son cœur se serrer. Tanis et Clotnik... Mais contre une vingtaine de créatures, ils n'avaient aucune chance.

— Un incident regrettable, dit le chef, qui n'avait pas bougé. Mes guerriers le régleront très vite. En attendant, je vais m'occuper de toi.

Se penchant, il embrasa l'extrémité de la tresse.

CHAPITRE XL

UN SOUVENIR QUI S'ESTOMPE

La terre trembla sous les pieds du slig. Fasciné, celui-ci mit une seconde de trop à détacher son regard des cheveux enflammés de la prisonnière. Quand il leva enfin la tête, Tanis, monté sur le taurobog, n'était plus qu'à quelques pas de lui.

Le demi-elfe poussa le tortionnaire de Brandella dans le feu. Profitant de ce que le slig se roulait par terre pour éteindre les flammes, il bondit à bas de sa monture. Abattant son épée sur la tresse de la jeune femme, il la sectionna. D'un second coup bien ajusté, il trancha ses liens. Puis il sauta sur le dos du taurobog et aida Brandella à monter. Derrière eux, le chef des sligs poussait des hurlements d'agonie.

Tanis enfonça ses talons dans les flancs de l'animal, qui s'élança au galop. Comme il traversait les rangs ennemis, le demi-elfe décrivit de grands moulinets avec son épée, décapitant quatre ou cinq créatures. Hélas, son arme n'était plus enchantée — sans quoi il les aurait tous massacrés.

— Clotnik ! hurla-t-il.

— Ici ! cria une voix soulagée quelques pas devant lui.

Tanis fonça vers le nain, ralentissant juste assez pour lui permettre de sauter en croupe. Alors les trois amis s'éloignèrent au galop, laissant derrière eux une bande de sligs dont le nombre avait sérieusement diminué.

*
* *

Ils abreuvèrent le taurobog à la mare, récupérèrent leurs maigres possessions et repartirent vers l'ouest pour mettre autant de distance que possible entre eux et leurs ennemis.

Quand ils s'arrêtèrent enfin pour se reposer, l'aube était proche.

Tanis prit le premier tour de garde. Assis à côté de Brandella, il la regarda dormir, laissant son esprit vagabonder. La jeune femme s'entendrait bien avec ses amis. Flint, Sturm, Caramon et Tass l'adopteraient sans difficulté. Même Raistlin lui ferait sans doute bon accueil — fût-ce pour lui tirer les vers du nez au sujet de Kishpa. Evidemment, Kit lui mènerait la vie dure. Mais la jeune femme était plus que capable de se défendre.

Au fil du temps, peut-être Brandella le verrait-elle sous un nouveau jour. Il se sentait prêt à attendre...

Il tendit une main vers la joue de la belle endormie pour la caresser...

Et passa au travers.

— Brandella ! s'exclama-t-il, affolé.

La jeune femme s'éveilla en sursaut.

— Qu'y a-t-il ? Que se passe-t-il ? demanda-t-elle en s'asseyant.

Clotnik bondit hors de son sac de couchage.

— Hein ? Quoi ? Les sligs sont revenus ?

— Non, c'est... c'est Brandella, bafouilla Tanis. Ma main lui est passée au travers.

— Tu as dû rêver, dit la jeune femme sur un ton apaisant. Regarde, je suis là.

Elle tendit les bras vers lui ; le demi-elfe voulut

l'enlacer. Mais bien qu'elle semblât toujours aussi réelle, il ne parvint pas à la toucher.

Brandella poussa un cri de terreur.

— Que m'arrive-t-il ?

— Les sligs t'ont-ils fait manger ou boire quelque chose ? demanda Tanis.

— Non, rien. Je ne comprends pas ! gémit la jeune femme, au bord des larmes.

— As-tu constaté quelque chose d'anormal quand tu te tenais près de la tombe de Kishpa ?

— Non plus. Rien de magique, en tout cas. Ce doit être autre chose.

— Oui, intervint gravement Clotnik. C'est autre chose.

Tanis se tourna vers le nain, le saisit par les épaules et le secoua comme un prunier.

— Que sais-tu ? Parle ! gronda-t-il, les dents serrées.

Clotnik lui fit un sourire triste.

— Passer ta colère sur moi ne changera pas les choses. Je n'étais sûr de rien… Kishpa avait dit que ça pourrait arriver…

— De quoi parles-tu ? Sois clair, bon sang !

— Tu devais rencontrer Brandella dans sa mémoire et revenir seul, avec son souvenir. Mais tu as été plus loin : tu l'a ramenée physiquement. Kishpa avait dit que c'était possible, mais que ça ne durerait pas.

— Pourquoi ? s'écria Tanis d'une voix brisée par le chagrin. Pourquoi ne peut-elle rester ici avec moi ?

Bravo. Maintenant, elle sait.

Quand il se tourna vers Brandella, les yeux de la jeune femme était humides. Mais étaient-ce des larmes de pitié ou de regret ?

— Parce qu'elle est un souvenir, et que comme tous les souvenirs, elle doit s'estomper, répondit Clotnik.

— Si Kishpa a pu la garder dans sa mémoire, j'en suis capable aussi !

— Bien sûr. C'est ce qu'il voulait. Mais elle ne peut demeurer dans notre monde. Elle va disparaître.

Tanis mourait d'envie de prendre la jeune femme dans ses bras, mais il était trop tard…

— Suis-moi, chuchota-t-il en se penchant vers elle.

Comme ils s'éloignaient, Clotnik baissa la tête.

— Au revoir, dit-il tout bas.

Brandella s'arrêta. Bien que tremblante, elle se pencha pour embrasser sur la joue le fils de Mertwig. Elle ne put le toucher, mais le nain eut l'impression qu'elle venait de le bénir…

*

* *

La lumière de l'aube traversait Brandella comme si elle n'existait pas. Terrifiée, la jeune femme se réfugia à l'ombre d'un arbre.

— Brandella. Oh, ma Brandella, chuchota Tanis en se laissant tomber à ses pieds. Ma mémoire est un monde en elle-même, comme celle de Kishpa. Tu continueras à vivre en moi, et il ne se passera pas un jour sans que tu découvres quelque chose de nouveau. Les souvenirs et l'imagination sont comme des couleurs sur la palette d'un peintre ; ils se mélangent constamment pour créer des merveilles. Tu auras tout un monde à explorer. (Il chercha désespérément des mots susceptibles de rassurer sa compagne.)

« Parfois, je me demanderai à quoi tu ressemblais lorsque tu étais petite. Je te verrai comme une enfant et tu en seras une à nouveau. D'autres fois, je marcherai dans une ville que tu n'as pas connue. Mais je penserai à toi, je te parlerai. Et tu me répondras… au fond de moi. Tu seras partout et toujours. »

Brandella se tordit les mains. Déjà, il ne distinguait plus les contours de sa silhouette.

— J'espère que tu as raison, souffla-t-elle d'une voix angoissée.

— Je ne t'oublierai jamais, dit Tanis au moment où elle s'évanouissait dans l'ombre.

— Et je serai toujours avec toi, répondit-elle si doucement que le demi-elfe ne fut pas certain de l'avoir entendue.

Peut-être était-ce le cas.

Peut-être lui avait-elle parlé depuis les brumes de sa mémoire…

CHAPITRE XLI

MÊME ENDROIT, AUTRES CIRCONSTANCES

Zarjephwu, le chef des sligs, soignait ses brûlures dans la mare que ses hommes et lui avaient trouvée en suivant les traces du taurobog. La prisonnière et ses sauveteurs avaient de l'avance, mais il était résolu à les rattraper. La femme devait savoir où se trouvait le porte-plume enchanté ; sans ça, pourquoi ses compagnons auraient-ils risqué leur vie pour lui venir en aide ?

Zarjephwu savait qu'en se détournant un peu de leur route, ils trouveraient un village humain où ils pourraient voler des montures. S'il ne pleuvait pas, ils n'auraient plus qu'à revenir sur la piste et à galoper ventre à terre pour rejoindre les fuyards.

*
* *

Ankatavaka n'était plus qu'à une journée de voyage. Tanis et Clotnik chevauchaient en silence. Le demi-elfe n'avait pas eu de mal à convaincre son ami de l'accompagner là-bas. Il n'était pas certain de trouver la lettre laissée par Brandella — la jeune femme l'avait enterrée dans la mémoire de Kishpa, pas dans le monde réel.

Non… Comment aurait-elle pu se trouver à l'endroit indiqué ?

Tanis avait besoin de se raccrocher à quelque chose.

Pour le distraire, Clotnik sortit trois balles de son sac. Il ne s'était pas entraîné depuis plus d'une semaine, et il ne voulait pas se rouiller. Assis devant Tanis sur le taurobog, il commença à jongler. Le demi-elfe l'observa, émerveillé par le talent de son ami, qui réussissait à attraper les balles malgré les cahots de la route. Puis il réalisa que le nain jonglait avec la précieuse boule de verre…

Il déglutit, hésita à demander à Clotnik d'arrêter, tout en craignant que sa voix ne le fasse sursauter, précipitant la catastrophe.

Au début, les balles ne décrivaient qu'un petit cercle devant la poitrine du nain. Prenant de l'assurance, il se mit à les lancer de plus en plus haut, formant une ellipse au sommet de laquelle les balles disparaissaient presque de sa vue.

Tanis n'y tint plus. De sa voix la plus calme, il dit :

— C'est très beau. Mais je me demande si tu ne...

Le taurobog trébucha dans une ornière au moment où Clotnik lançait sa balle de verre.

Tanis poussa un cri étranglé et plongea vers le sol, se tordant le cou pour ne pas quitter la boule des yeux. Il atterrit dans un nuage de poussière, roula sur le dos, leva les bras pour rattraper le précieux objet... que la main tendue de Clotnik saisit juste avant qu'elle ne tombe dans les siennes.

— Ça va ? demanda le nain en se penchant vers Tanis.

Furieux, celui-ci se releva, épousseta ses vêtements et arracha la boule de verre des mains de Clotnik.

— Ne jongle plus jamais avec cette balle, tu m'entends ? Plus jamais ! hurla-t-il, rouge de colère.

— Mais..., bredouilla le nain, pourquoi ?

— Parce que je connais le prix qu'elle a coûté à ton père.

— Oh, elle est jolie, mais elle ne date pas d'hier. Elle ne doit pas valoir tant que ça.

— Mertwig l'a payée de sa vie, dit Tanis, les dents serrées. C'est le dernier cadeau qu'il a offert à ta mère, et il ne pouvait pas se le permettre.

Un silence.

— Ainsi, tu m'as menti, lâcha froidement Clotnik. Mon père était bien un voleur.

La fureur du demi-elfe retomba aussitôt, et il réfléchit très vite. La vérité blesserait son ami...

Tanis aurait préféré croire que *son* père était un homme bon et généreux. Cela l'aurait rendu moins amer, moins inquiet.

Il était le seul à connaître le secret de Mertwig. Le nain avait commis une terrible erreur, mais son fils n'avait aucun besoin de le savoir...

— Je t'ai déjà dit que non, répondit-il fermement. Il l'a payée de sa vie parce qu'il a refusé de laisser une bande de gobelins la lui dérober. Il est mort en les combattant, et en me sauvant la vie au passage. C'est pourquoi je te demande de ne plus jamais jongler avec. Conserve-la précieusement, et chaque fois que tu la regardes, pense à l'amour que ton père avait pour ta mère.

— Sur l'âme de Mertwig, tu as ma parole, répondit Clotnik, très ému.

*
* *

L'attaque du village s'était admirablement bien passée. Tous les humains avaient péri, un seul slig y laissant la vie. Ils étaient repartis avec une trentaine de taurobogs et de chevaux — soit une monture de rechange pour chacun. A la tombée de la nuit, ils avaient retrouvé la trace de la femme et de ses sauveteurs. En forçant l'allure, ils les rejoindraient le lendemain.

Ses brûlures l'empêchant de dormir, Zarjephwu

songea à l'homme (ou était-ce un demi-elfe ?) qui l'avait poussé dans le feu. Un sourire étira ses babines, et le clair de lune se refléta sur ses crocs acérés.

Les sligs détestaient les elfes. Lorsqu'il lui mettrait la main dessus, l'inconnu allait passer un sale quart d'heure.

CHAPITRE XLII

LE COFFRET

A la lisière de la forêt, une odeur iodée les avertit de la proximité du Détroit d'Algoni. Lorsque les arbres cédèrent enfin place à la plaine, Tanis et Clotnik s'immobilisèrent, choqués. Malgré les quelques centaines de pas qui les séparaient encore d'Ankatavaka, ils percevaient l'atmosphère de mort qui planait sur le village…

La porte principale était grande ouverte. Il n'y avait rien à protéger : Ankatavaka n'était plus que ruines.

Tandis qu'ils avançaient dans la grande rue, une rafale de poussière leur fouetta le visage. Aveuglé, Tanis laissa les souvenirs l'envahir. Il revit les elfes perchés sur les barricades, entendit leurs hurlements de joie quand le sort de Kishpa avait déchaîné la pluie sur l'armée humaine.

Le nuage dissipé, les deux compagnons mirent pied à terre et entreprirent d'explorer les ruines. Clotnik avait grandi en ce lieu. Comme ils approchaient de l'ancien square, un sourire nostalgique se peignit sur le visage du nain.

— Tu vois cette statue ? Je me souviens encore de son inauguration. C'était juste après le retour du navire. Je venais d'apprendre la mort de mon père ; toute ma vie semblait s'être écroulée. Je ne savais même pas le nom du héros qui avait sauvé Ankatavaka, dit-il en désignant une grande sculpture de pierre.

Tanis leva les yeux et son cœur fit un bond dans sa poitrine. Scowarr ! L'artiste l'avait représenté debout, une épée à la main, la tête enveloppée de bandages à moitié défaits. Sur le socle, une plaque disait : « N'oublions jamais le Grand Scowarr. Lorsqu'il est arrivé ici, ce n'était qu'un étranger. Quand il est reparti, il était un héros. »

Le demi-elfe était en train d'expliquer à son ami qui était Scowarr, quand, du coin de l'œil, Clotnik surprit un mouvement.

— Il y a quelqu'un ici, souffla-t-il.

— Qui ? demanda Tanis en fronçant les sourcils.

— On aurait dit un vieil homme, il s'est caché en nous voyant. Viens, tentons de le retrouver. Je voudrais lui parler : il se souvient peut-être de mon père.

Tanis espérait le contraire, mais il ne pouvait le dire à son compagnon.

— Vas-y seul. J'ai quelque chose à faire, moi aussi.

Ils convinrent d'un rendez-vous et s'éloignèrent : Clotnik fila vers la plage, le demi-elfe vers l'endroit où il avait combattu l'araignée géante quelques jours auparavant.

Tanis préférait être seul pour chercher la lettre de Brandella. S'il ne la trouvait pas, il voulait garder sa déception pour lui. Dans le cas contraire, il n'avait pas envie que Clotnik la lise par-dessus son épaule...

Il mit quelques minutes à retrouver le lieu du combat. Là, parmi les herbes pâles, se dressait une grande fleur d'un orange éclatant. Tanis voulut l'arracher — puis, mû par une inspiration subite, il la déterra avec précaution avant de la replanter quelques pas plus loin.

Enfin il s'agenouilla et creusa en s'aidant de son épée. Le sol d'argile était dur, et il ne savait pas à quelle profondeur Brandella avait enterré le coffret — s'il était bien là.

Bientôt, son trou fit près de deux pieds de profondeur. Pourtant il ne perdait pas espoir.

Si seulement son expérience dans la mémoire de Kishpa avait été réelle...

Clotnik n'avait-il pas dit que Brandella avait disparu avant son retour ? Scowarr aurait-il pu devenir un héros sans lui ?

Kishpa ne l'avait-il pas envoyé dans le passé plutôt que dans ses souvenirs ?

Tu rêves, mon vieux.

Pourtant, il continua de creuser.

*

* *

Zarjephwu et ses guerriers se faufilaient dans les ruines d'Ankatavaka. Ils avaient attaché leurs montures dans les bois et couvert avec mille précautions la distance qui les séparait de l'enceinte du village.

Bientôt, ils arrivèrent près de l'endroit où Tanis creusait. Zarjephwu fit signe à ses troupes de s'arrêter pendant qu'il étudiait le demi-elfe. Celui-ci avait l'air épuisé, mais une sorte d'euphorie se lisait sur son visage — une euphorie que le slig interpréta comme l'impatience de quelqu'un qui va mettre la main sur le trésor qu'il convoite.

Sans s'en rendre compte, le slig massa sa peau écailleuse. Son dos et ses bras étaient encore douloureux. Pendant tout le voyage, il avait imaginé les tortures qu'il infligerait à son ennemi, s'attardant sur les détails les plus sanglants.

Le chef des sligs grimaça. Il ne lui restait plus qu'à attendre que le demi-elfe ait déterré son trésor.

Mais une chose l'intriguait. Où étaient la femme et son complice ? Avaient-ils pris la mer ? Et si oui, que cherchait le demi-elfe avec tant de frénésie ?

*

* *

Absorbé par ses recherches Tanis ne se rendit pas compte qu'on l'observait. Le trou qu'il avait creusé avait plus de trois pieds de profondeur, et il était sur le point d'abandonner. Il se berçait d'illusions... Tout ce qu'il avait récolté, c'étaient des courbatures et un dos en compote.

Malade d'amertume, il lança son épée au fond du trou...

La lame heurta quelque chose avec un bruit métallique. Le cœur battant, Tanis se jeta à plat ventre et plongea dans l'ouverture. Il remonta son épée, la posa sur le bord, puis se mit à gratter comme un possédé. Des pierres. Des racines. De l'argile. Et là...

Le couvercle d'un coffret.

Le cœur battant plus fort que quand il avait affronté l'araignée géante, Tanis entreprit de déterrer l'objet.

C'était une petite boîte carrée, à la peinture bleue écaillée par les ans.

Poussant un rugissement de triomphe, il sortit en hâte de son trou.

S'il avait jeté un coup d'œil par-dessus son épaule, il aurait vu les sligs s'approcher de lui, déployés en arc de cercle. Mais il ne pouvait détacher son regard du coffret.

Il tenta de soulever le couvercle. En vain : la rouille l'avait scellé. Sortant un couteau de sa ceinture, il introduisit la pointe de la lame dans la fente et tenta de faire levier.

A quelques pas de lui, les sligs levèrent leurs épieux et leurs haches. Zarjephwu leur fit signe qu'il voulait l'ennemi vivant...

Le couvercle du coffret se souleva avec un grincement.

A l'intérieur se trouvaient deux choses : le porte-plume que Tanis avait donné à Brandella, et un parchemin sur lequel était écrit, en langue commune : « Attention ! Des sligs derrière toi ! »

CHAPITRE XLIII

À MORT

Tanis fit volte-face juste à temps pour voir les bras reptiliens prêts à s'emparer de lui. Il planta son couteau au hasard dans une main, tandis que deux autres le frappaient à l'épaule et à la poitrine. L'impact le projeta à terre et il lâcha le coffret. Le porte-plume roula sur le sol ; le parchemin retomba dans le trou dont il venait de sortir.

Le demi-elfe roula sur lui-même, évitant de justesse l'épieu qui visait sa jambe. Son épée gisait quelque part derrière lui ; sans elle, il était mort — et probablement même avec.

Mais il devait essayer.

Les sligs allaient se jeter sur lui lorsque le plus grand d'entre eux — au corps couvert de brûlures — hurla :

— Emparez-vous du porte-plume !

L'objet magique se trouvait à portée de Tanis ; le demi-elfe ne voyait pas en quoi mourir la plume à la main l'aiderait. Il préféra se jeter sur son épée.

Un grand slig maigre ramassa le porte-plume. Tanis bondit sur lui ; Zarjephwu bloqua sa lame avec un épieu. Le demi-elfe croisa le regard du chef des sligs. Ses yeux noirs où brillaient des pupilles d'argent brûlaient d'une haine palpable.

— Le porte-plume est à nous, dit Zarjephwu, et ta vie aussi.

Il cracha un long jet de salive empoisonnée au visage du demi-elfe. Aveuglé, Tanis recula, trébucha et tomba dans les bras d'un autre slig, qui l'emprisonna dans une étreinte de fer. Le demi-elfe sentit l'air s'échapper de ses poumons. Il voulut se débattre, mais ses bras étaient prisonniers…

Au moment où il allait s'évanouir, son adversaire le lâcha. Tanis s'effondra, presque inconscient.

Une nouvelle paire de mains le saisit et tenta de le relever.

— Clotnik ! bredouilla le demi-elfe.

Le nain avait enfoncé son épée dans le dos du slig, si profondément que l'arme était restée coincée. Songeant que Mertwig lui avait sauvé la vie au même endroit, Tanis se baissa, ramassa l'épieu qui avait manqué sa jambe et le lança à Clotnik en disant :

— Tu me rappelles ton père.

Le nain sourit, rayonnant.

— Je te remercierai plus tard. Pour l'instant, il faut récupérer le porte-plume enchanté de Kishpa.

— Ne me dis pas que ces créatures s'en sont emparées ? s'écria Clotnik, horrifié.

Il restait treize sligs valides. Les deux compagnons n'avaient aucune chance de s'enfuir : leurs ennemis les auraient rattrapés. Et il était hors de question de laisser le porte-plume aux mains de créatures aussi redoutables. Grâce au pouvoir magique de l'objet, Zarjephwu et sa bande deviendraient presque invincibles.

Sans réfléchir, Tanis plongea sur le slig qui tenait le porte-plume. Clotnik s'élança à sa suite, une lueur meurtrière dans ses yeux verts.

Le demi-elfe para une attaque avec son épée, enfonça son poing dans un estomac écailleux. Puis il tituba en recevant un coup de coude à la tempe. Pendant ce temps, Clotnik avait ouvert la cuisse d'un slig avec son épieu. La créature tomba à genoux en hurlant. Tanis lui sauta sur le dos et, faisant décrire un arc de cercle à son arme, coupa en deux le porte-plume enchanté encore dans la main de son porteur.

Zarjephwu poussa un hurlement si furieux que ses guerriers reculèrent. Dans sa fureur, il brisa le cou de celui qui se tenait entre Tanis et lui.

Clotnik tenta de couvrir la retraite du demi-elfe, mais leurs ennemis étaient trop nombreux. Des mains saisirent le nain par la taille et le jetèrent sur le sol, pendant que d'autres immobilisaient Tanis.

Un cri étrange s'éleva derrière le demi-elfe. Les sligs se figèrent ; même Zarjephwu eut un hoquet de surprise.

Tanis ne pouvait se retourner pour voir ce qui se passait — pourtant, le hurlement aigu qui faisait trembler ses adversaires lui semblait vaguement familier.

Le slig qui tenait le demi-elfe le lâcha et s'enfuit en courant. Une épée le frappa par-derrière, l'ouvrant littéralement en deux.

Tanis fit volte-face et se retrouva nez à nez avec Scowarr. La statue de granit s'était animée. Ses bandages volaient au vent ; c'était le Héros d'Ankatavaka dans toute sa gloire...

Hébété, le demi-elfe voulu exprimer sa gratitude et sa joie de revoir son ami. Mais la statue se détourna et, sans cesser de hurler, chargea le slig qui maintenait Clotnik à terre.

Les créatures encore valides prirent leurs jambes à leur cou. A l'exception de Zarjephwu.

Le grand guerrier avait peur, mais il lui restait un travail à terminer. A défaut de le torturer, il pouvait encore tuer le responsable de sa défaite.

Laissant tomber son épieu, il s'accroupit en position d'attaque, la gueule ouverte, de la bave dégoulinant sur le sol. Lentement, il avança vers Tanis.

Le demi-elfe jeta un coup d'œil à Clotnik allongé

sur le sol, à moitié inconscient. Il fallait entraîner le chef des sligs loin de là.

Il recula. Zarjephwu le suivit le long de l'avenue.

Tanis recula encore. Zarjephwu attendait le moment d'enfoncer ses dents dans la chair de sa proie.

Le demi-elfe fit un pas en arrière et heurta du dos le socle de la statue de Scowarr. Il comprit alors qu'il avait commis une terrible erreur.

Zarjephwu bondit sur lui.

Par réflexe, le demi-elfe se laissa glisser à terre, lançant les pieds vers le slig. Il le cueillit à l'estomac et le projeta avec force par-dessus le socle.

Une seconde plus tard, il entendit un hurlement. Puis plus rien. Du sang coula sur la manche de sa tunique.

Tanis leva les yeux et, stupéfait, découvrit que la statue de Scowarr avait repris sa place. Zarjephwu pendait, embroché au bout de son épée.

Le demi-elfe se releva, tremblant. Il voulut remercier son ami, mais la statue patinée par le temps était aussi impassible que le granit dans lequel on l'avait taillée. Avait-il rêvé ?

Puis son regard se posa sur la plaque commémorative au bas du socle. Elle avait changé ! Maintenant, on y lisait : « Alors, c'est drôle, oui ou non ? »

Tanis éclata de rire.

CHAPITRE XLIV

LA LETTRE

— J'ai arrêté l'hémorragie, dit Tanis, soucieux. Tu as reçu une mauvaise blessure, mais tu devrais t'en remettre, à part quelques belles cicatrices.

Il sourit d'un air qu'il espérait rassurant.

— Est-ce que je pourrai recommencer à jongler ? s'enquit Clotnik, blanc comme un linge.

— Je pense que oui.

Apaisé, le nain ferma les yeux et ne tarda pas à s'assoupir. Tanis sentit les muscles de son cou et de ses épaules se relâcher enfin.

Il avait hâte de retrouver la lettre de Brandella. Se dirigeant vers le trou, il ramassa le morceau de parchemin jauni par les ans. Avec d'infinies précautions, il le déplia et lut.

A Tanis, qui a tout risqué pour moi.

Je t'écris ces mots avant de partir pour ce qui n'est peut-être qu'un voyage sans espoir. Tu es convaincu que nous réussirons — mais je ne peux m'empêcher d'en douter. Si tu dois revenir dans ton monde sans moi, je veux que tu saches ce que je pense de toi, ce que je ressens pour toi. Mais tu es déjà au courant...

Tu m'as demandé ce qui peut lier deux personnes au-delà du temps. Tu voulais savoir comment Kishpa et moi avions pu continuer à nous aimer au fil des ans, afin que ce secret t'aide à faire de même un jour. Comment répondre à ta question ?

Le sentiment que tu recherches est semblable à un de mes foulards : il couvre ton cœur, il te protège contre le froid... et on peut trop facilement le perdre si on n'y prend pas garde...

En ce moment même, tu m'attends alors que je t'écris une lettre que tu ne liras peut-être jamais. Je veux que tu saches, au cas où tu quitterais ce monde sans moi, que je te chérirai toujours dans ma mémoire.

Après tout, que sont les souvenirs, sinon un moyen de conserver les choses que l'on ne veut pas perdre ?

Brandella

Tanis s'assit sur un bloc de pierre et relut dix fois la lettre dont le parchemin s'effritait entre ses doigts. Qu'avait-elle voulu dire ? Pourquoi ne lui avait-elle jamais avoué ce qu'elle ressentait pour lui ? Elle avait l'air de penser qu'il savait, mais c'était faux !

Et maintenant, il douterait jusqu'à la fin de ses jours.

*
* *

Pendant que Tanis réfléchissait, six sligs morts gisant dans les ruines étaient en train de se transformer. Leurs mains rapetissaient, leurs ongles cornés s'évanouirent. Peu à peu, leur peau perdit sa dureté écailleuse, leurs museaux s'estompèrent, leurs oreilles devinrent rondes.

Les corps se couvrirent de vêtements, et des armes apparurent. Puis leurs paupières clignèrent.

Pourtant, aucun souffle ne franchissait leurs lèvres...

*
* *

— Vous lisez plutôt lentement, non ?

Le demi-elfe sursauta et porta d'instinct la main à son couteau.

— Inutile, mon jeune ami.

Tanis leva les yeux. Un vieil elfe rabougri se dressait à quelques pas de lui. Il portait des vêtements usés mais propres, et semblait à peine tenir sur ses jambes.

— Vous ne devriez pas faire peur aux gens comme ça, dit Tanis sur un ton de reproche.

— Je n'y suis pour rien. Vous étiez tellement absorbé par ce bout de papier...

Le demi-elfe fourra la lettre de Brandella dans sa poche.

— Votre ami, là. Il m'a cherché partout, mais je n'aime pas beaucoup avoir de la visite. C'est bizarre, il me fait penser à quelqu'un.

— Clotnik est le fils de Mertwig et de Yeblidod, expliqua Tanis.

L'elfe hocha la tête.

— Oui, je m'en souviens. Le nain était un...

— Gardez votre opinion pour vous, grand-père, coupa Tanis en jetant un coup d'œil inquiet à son compagnon.

Mais Clotnik ronflait paisiblement.

— Dites-moi plutôt si vous vous souvenez d'une humaine qui vivait ici autrefois. Elle s'appelait Brandella.

L'elfe fronça les sourcils et se tapota les lèvres du bout de l'index.

— Brandella... Voyons voir... C'était l'amie de Kishpa, non ?

Tanis sourit.

— Parlez-moi d'elle.

— Je dois partir, annonça son interlocuteur.

— Pourquoi ?

— Parce que je déteste la foule. C'est pour ça que je vis ici. Au revoir.

— La foule ? s'étonna Tanis. Un demi-elfe et un nain endormi ?

Il se détourna pour suivre le regard de l'elfe, et ce qu'il vit le remplit de joie.

Flint, Sturm, Caramon, Raistlin, Tass et Kitiara avançaient vers lui.

CHAPITRE XLV

LA VENGEANCE DE FISTANDANTILUS

Flint Forgefeu marchait en tête, sa barbe flottant dans le vent, sa hache sur une épaule. Les autres le suivaient de près. Ils avaient l'air sinistre, mais Tanis était si content de les revoir qu'il ne s'en aperçut pas.

— Je vous croyais dispersés aux quatre vents ! s'exclama-t-il, joyeux. Comment m'avez-vous retrouvé ?

Personne ne lui répondit, et le demi-elfe se dit qu'ils devaient lui apporter une mauvaise nouvelle. Même Tasslehoff Racle-Pieds restait muet — une attitude des plus étranges chez un kender.

Comme ses amis approchaient, il remarqua chez eux des changements subtils. Kitiara n'avait jamais été aussi belle. Il était content qu'elle soit venue avec les autres ; ça signifiait qu'elle lui avait pardonné, et qu'ils pourraient sans doute rester bons camarades. L'armure de Sturm étincelait. Caramon marchait à l'écart de son frère, comme s'il avait enfin acquis une certaine indépendance ; Raistlin lui-même semblait en meilleure santé que d'habitude. Ils étaient exactement tels qu'il avait toujours eu envie de les voir.

Tanis ouvrit les bras et se précipita vers eux. Pour toute réponse, Flint brandit sa hache.

Le demi-elfe vit venir l'attaque. Il pensa tout

d'abord que c'était une plaisanterie. Puis, comme la lame arrivait trop vitc et trop fort, il l'esquiva de justesse.

— Que se passe-t-il ? Es-tu devenu fou ? s'excla-ma-t-il en reprenant son équilibre.

Flint ne répondit pas. Tanis se tourna vers les autres pour demander une explication, et manqua se faire embrocher par la lame de Kitiara.

— Mais pourquoi faites-vous ça ?

Ses amis continuèrent à avancer sur lui en silence, leurs armes levées. Le demi-elfe porta la main à son épée, puis se ravisa. C'était ses plus chers amis, il ne pouvait pas les combattre !

Puis il comprit ce qui se passait.

— Fistandantilus !

Le mage avait le pouvoir de mettre ses menaces à exécution. Mais cela ne changeait rien : Tanis ne pouvait pas blesser ses compagnons, même si ceux-ci n'étaient que des pions entre les mains du sorcier mort.

Le demi-elfe battit en retraite en cherchant frénétiquement un moyen de briser le sortilège. Une idée lui traversa l'esprit. Peut-être restait-il encore un peu de magie dans la statue de Scowarr...

Faisant volte-face, il courut vers la sculpture de granit pendant que ses six compagnons poursuivaient leur inexorable avancée — plus effrayante qu'une charge.

— Dissipe l'enchantement, supplia-t-il en levant les yeux vers le visage entouré de bandelettes. Je t'en supplie !

Tiré de son sommeil en sursaut, Clotnik crut d'abord qu'il délirait. Qui étaient les gens qui encerclaient Tanis ? Voulant se porter au secours de son ami, il se mit à genoux et un cri de douleur s'échappa de ses lèvres. Le demi-elfe se précipita vers lui.

— Ne bouge pas, dit-il en jetant un coup d'œil par-dessus son épaule pour surveiller la progression de ses camarades. Tes blessures risqueraient de se rouvrir.

Il ne savait pas quelle attitude adopter. Impossible de fuir ; Clotnik le ralentirait.

Mais il ne pouvait pas lever son arme sur Flint et les autres...

— Tanis, s'écria le nain en le saisissant par le col de sa tunique. Je suis en train de devenir fou ! Où sont les cadavres des sligs ?

Le demi-elfe regarda autour de lui. Clotnik avait raison. Les corps avaient disparu, sauf celui qui était empalé sur l'épée de Scowarr.

Alors il comprit. Les créatures qui l'entouraient n'étaient pas ses amis, mais des images glanées dans son propre esprit. Les enchantements de Fistandantilus ne fonctionnaient que sur les morts. Le mage n'était pas aussi puissant qu'il avait voulu le lui faire croire...

Le demi-elfe grimaça. Il allait combattre ces créatures. Mais rien ne disait qu'il en sortirait vainqueur...

Tirant son épée du fourreau, il retint son souffle. La lame était entourée d'un halo rouge.

Rapide comme l'éclair, Tanis sectionna le bâton de Tass au moment où celui-ci allait plonger dans son estomac. D'un même mouvement, il para l'épée de Kitiara et donna un coup de pied dans le bras de Sturm.

Profitant de son déséquilibre, Caramon saisit le demi-elfe par les cheveux et le tira en arrière. Tanis lui enfonça la pointe de sa lame dans le pied. Le colosse le lâcha et s'effondra à côté de Clotnik. Sans hésiter, le nain se saisit de la seule arme à portée de lui, et fracassa le crâne du guerrier à l'aide de sa balle de bronze. Caramon eut un dernier soubresaut et se transforma en slig sous le regard éberlué de son adversaire.

C'était un combat des plus étranges. A part les halètements de Tanis et le bruit des armes qui s'entrechoquaient, on n'entendait aucun son. On eût dit que le village d'Ankatavaka retenait son souffle.

Clotnik lança sa balle d'or vers Flint, qu'il toucha au genou. Sturm, Kit et Tass s'étaient regroupés autour de Tanis. Le demi-elfe comprit qu'il ne pourrait se contenter d'une tactique défensive.

Tentant de se concentrer sur leurs armes plutôt que sur leurs visages, il ramena son épée vers la droite et décrivit un large arc de cercle. Sturm recula, mais Kitiara tomba à genoux, se tenant les entrailles.

Le cœur au bord des lèvres, Tanis se retourna juste à temps pour voir un petit couteau manié par Tass lui entailler le bras droit. Il poussa un cri et, sans réfléchir, plongea sa lame dans le corps du kender. Sous ses yeux horrifiés, celui-ci s'effondra et redevint ce qu'il n'avait jamais cessé d'être : le cadavre d'un énorme slig.

Sturm leva son épée et s'apprêta à l'abattre sur la tête de Tanis. Mais une balle d'argent lancée avec précision dévia la lame. Le demi-elfe n'eut plus qu'à faire volte-face et à plonger son arme rougeoyante sous le plastron du faux chevalier.

Il ne restait plus que Flint et Raistlin.

— Fistandantilus, cria Tanis. Abandonne !

— Pas la peine de crier, répondit Raistlin d'une voix qui n'était pas la sienne. Tu as un étrange groupe d'amis — de bons guerriers, à l'exception de ce mage maladif. J'aurais pu te tuer et te ramener chez moi... mais je vois que tu as bénéficié d'une aide magique. Je vais m'occuper du trouble-fête, tu peux en être sûr.

Tanis sourit.

— Si j'étais toi, je me tiendrais à l'écart de Kishpa. Tu risquerais de te casser les dents sur lui, et sur le guerrier qui le protège.

— Qui ça ?

— Le Grand Scowarr.

Fistandantilus ne répondit pas... Mais quelques secondes plus tard, les corps de Flint et de Raistlin s'affaissaient à leur tour avant de reprendre leur aspect normal.

Le halo de l'épée de Tanis mourut doucement. Le demi-elfe brandit son arme vers les cieux et s'écria :

— J'ai toujours une dette envers toi, Kishpa.

Il rengaina et s'approcha de Clotnik, adossé au socle de la statue.

— Je suis content que ce soit enfin fini, dit le nain en comprimant une de ses blessures, qui s'était rouverte pendant le combat. Je commençais à être à court de balles.

ÉPILOGUE

A l'autre extrémité du square, le vieil elfe sortit de sa cachette et s'écria :

— Vous traitez toujours vos amis de la sorte ?

Tanis éclata de rire.

— Réjouissez-vous de n'être qu'une vague connaissance, dit-il en lui faisant signe d'approcher. (Il se tourna vers Clotnik.) C'est le villageois que tu as aperçu tout à l'heure.

Le vieillard vint s'asseoir à côté d'eux et posa une main sur l'épaule de Tanis.

— C'est drôle, vous me rappelez un jeune homme venu par chez nous il y a un siècle environ. Il s'est battu à son côté, dit-il en désignant la statue d'un geste du menton.

Troublé, Tanis ne répondit pas. L'elfe reprit :

— A propos de cette humaine, Brandella...

— Oui ?

— Je me souviens d'elle. Elle était tisseuse. Ma femme possédait plusieurs foulards de sa fabrication... C'était une gentille fille, et tout le monde l'aimait bien ici, malgré sa race. Je la trouvais assez ordinaire, mais Kishpa la tenait pour la plus belle femme du monde. Evidemment, il était en partie humain...

— Qu'est-elle devenue ? demanda Tanis, le cœur battant.

— Je l'ignore, dit l'elfe en haussant les épaules. Elle a disparu un beau jour avec un étranger. Kishpa est parti à sa recherche, mais il est revenu seul. Et il n'a jamais raconté à personne ce qui s'était passé.

*
* *

Clotnik remis de ses blessures, les deux amis quittèrent Ankatavaka par la route orientale. Mais ils ne restèrent pas longtemps ensemble. Le nain voulait se rendre dans une ville pour donner son spectacle ; Tanis, lui, aspirait à la solitude.

— Adieu, dit tristement Clotnik. Nous ne nous reverrons peut-être jamais.

Tanis le dévisagea, mémorisant ses yeux d'émeraude, son front haut, son corps trapu et ses vêtements aux couleurs de la forêt.

— Tu vivras toujours dans mes souvenirs, dit-il d'une voix chaude.

— Et toi dans les miens.

Puis le nain s'éloigna en direction de la ville.

Tanis s'enfonça dans les montagnes qui entouraient Solace. Il relut si souvent la lettre de Brandella que le parchemin ne tarda pas à tomber en poussière. Mais ça n'avait aucune importance. Chaque mot était depuis longtemps gravé dans sa mémoire.

Une nuit, alors qu'il allait sombrer dans le sommeil, il pensa de nouveau à Kishpa et Brandella, et à l'amour qu'ils avaient l'un pour l'autre. Il comprit qu'il n'avait pas seulement sauvé la jeune femme, mais aussi le mage. Dans ses souvenirs, Brandella et Kishpa vivraient toujours ensemble, à l'apogée de leur amour. Chacun avait sacrifié ce à quoi il tenait le plus, *l'autre*, afin que cet amour ne meure jamais...

Tanis se souviendrait d'eux, mais il pouvait aussi changer l'histoire. Il pouvait imaginer que Brandella était tombée amoureuse de lui.

La mémoire transforme les choses ; elle les embellit, les créant parfois de toutes pièces.

Les événements ne s'étaient peut-être jamais passés comme dans les souvenirs de Kishpa. Mais peu importait. Tanis savait à présent que l'amour véritable existait, et qu'il le trouverait un jour.

*

* *

L'automne céda le pas à l'hiver... Le demi-elfe songea que l'histoire de Kishpa et Brandella disparaîtrait avec lui.

Il chercha un moyen d'y remédier.

Il avait toujours eu envie de s'essayer à la sculpture, et la statue de Scowarr, à Ankatavaka, avait ravivé cette aspiration. Il ne serait pas capable de fabriquer une œuvre susceptible de s'animer. Mais il pouvait la rendre remarquable — inoubliable — d'une toute autre façon.

Il choisit un pic de granit et tailla un visage de femme d'une beauté, d'une intelligence et d'une douceur ineffables. Par-delà une étroite passe, son regard ardent couvait un second visage : celui d'un mage têtu et désespérément amoureux.

Tanis travailla chaque jour pendant plus de quatorze mois. Au terme de son labeur, il n'avait pas seulement gravé Kishpa et Brandella dans la pierre — ils les avait sculptés dans une montagne, pour qu'ils vivent à jamais.

Tanis ne signa pas son œuvre et ne raconta à personne qu'il en était l'auteur. Il voulait en faire un monument à la mémoire et à l'imagination.

Après, jamais plus il ne toucha à un ciseau.

Achevé d'imprimer en février 1997
sur les presses de l'Imprimerie Bussière
à Saint-Amand (Cher)

— N° d'imp. 324 —
Dépôt légal : mars 1997.
Imprimé en France

